글나무 시선 04

허무한 집

글나무 시선 04

허무한 집

저　자 | 이준희
발행자 | 오혜정
펴낸곳 | 글나무
주　소 | 서울시 은평구 진관2로 12, 912호(메이플카운티2차)
전　화 | 02)2272-6006
등　록 | 1988년 9월 9일(제301-1988-095)

2023년 8월 15일 초판 인쇄 · 발행

ISBN 979-11-87716-83-9 03810

값 10,000원

허무한 집

이준희 시집

먹고 사는 문제에 대해 어릴 적 많은 고민을 했나 보다
어린놈이 먹고사는 것을 걱정했다면
나는 매우 가난했거나, 영악했을 것이다

중년을 훌쩍 넘었는데도
물질적, 정신적으로
아직도 나는 무척 가난하다

가난을 이기기 위해 산다
물질을 채우기 위해 열심히 일하고
정신을 채우기 위해 간간이 글을 읽고 쓴다

정신적 · 물질적 가난을 이기기 위해
간간이 쓴 글로 두 번째 시집을 엮는다
죽을 때까지 가난을 핑계로 글을 썼으면 좋겠다

무릉도원면 백년계곡길 꺼먹촌에서
이 준 희

차
례

2부 이장(里長)의 힘

차
례

3부 허무한 집

이준희 시집

4부 조용한 사직

차
례

1부

뿔을 내려놓자

뿔을 내려놓자

물이 성을 내면 두 개의 뿔이 생긴다

물 위에 둘 데가 없어 머리에 인다

불이 된다

성을 내면 내가, 내가 아닐 때가 있다

선배들이 늘 얘기했었지

"물, 불 가리지 말고 열심히 살라"고

어려운 세상 물, 불 가리지 않으면

성에 지쳐 불이 죽게 되면

두 개의 뿔도 사라진다는 것

다시 흐리멍덩한 물이 된다는 것

나는 뿔 없은 애보다 물 같은 어른이 좋다

물 같은 내가 좋다

서울의 별

별은 누구나 되고 싶어 한다
별은 누구나 보고 싶어 한다
별은 아무나 될 수 없다
별은 아무나 볼 수 없다
별은 될 수 있는 자만이 될 수 있고
별은 볼 수 있는 자만이 볼 수 있다

찌들지 않으면 볼 수 있는 별
찌들게 살다 보니 내겐 별도 없고 볼 수도 없었다
별나게 살고 싶었지만 별은 내 곁에 있지 않았다
이런저런 감정의 굶주림에도 별을 따려고
가슴의 별을 감추고 살았다
서울에는 나 같은 별들이 많이 살았다
평범히 살면 절대 별을 딸 수 없다는
절대 진리를 불혹이 되어 알았다
별을 따면 별을 볼 수 있을 것이라 생각했다
그러나 서울에서는 별을 볼 수가 없다
뜨는 별이 있다면 지는 별이 있듯이
나의 별은 수시로 뜨는 별에 시달렸다

서울은 별들의 전장(戰場)이 계속 이어졌다

별들의 전장에 지쳐 고향에 간다
핏기 없는 패잔병 모습으로
대낮에는 갈 수 없는 길을
밤이 이슥할 무렵 별들의 환영을 받으며 간다
서울에선 볼 수 없는 별들의 불꽃 잔치
콧구멍 상쾌한 고향에서만 볼 수 있는 별
고향 별빛의 힘으로 다시 서울로 향한다
별을 따기 위한 전장은 오늘도 계속된다
서울에선 나를 지켜 줄 별이 보이지 않는다
서울에는 별다운 별이 없다
서울의 찌든 삶들이 별을 가리고 있기 때문이다

그날

누구는 기다리는 날이고
누구는 피하고 싶은 날이다

한평생 살다 보면
기다리는 누군가가
피하고 싶은 날이 되고
피하고 싶은 누군가는
기다리는 날이 되기도 한다

피하고 싶은 사람이나
기다리는 사람이나
그날은 빨리 오기도 하고
늦게 오기도 한다

초라한 밥상

주인들은 새로 초대한 주방장의 멋진 요리로
그동안 허기진 배를 채우려 밥상을 기다린다
주름이 많은 모자를 쓴 주방장과 그의 보조는
그들의 주특기를 살려 최선의 밥상을 차려 낸다
때론 주방장의 입맛으로, 때론 보조의 입맛으로
그러나 늘 칼자루 쥔 주방장의 솜씨로 밥상은 차려지고
주인은 새 주방장의 음식으로 길들여진다
이 맛도 저 맛도 아닌 주방장의 밥상에 지쳐
허기진 세월을 기다린 주인은 다시 참신한 주방장을 영
입한다
주인은 새롭게 영입한 명주방장이
허기진 배를 채워 줄 밥상을 기대하지만
새롭게 칼자루를 쥔 주방장도 전 주방장과 같이
지 입맛에 맞는 메뉴로 밥상을 차린다
여의도집 밥상은 바뀐 주방장들의 잔치로
초대한 주인에겐 늘 찬밥이다
청기와집 밥상도 매 마찬가지인 걸 보면
초대한 주인들이 멍청하기 때문일까?

쟁이 꽃

누가 꿈을 꾸었지
　하늘을 나는 꿈을
누가 꿈을 꾸었지
　하늘에 사는 꿈을

롯데월드타워에 올랐네
　불암산에 오른 걸세
무너질까 조마조마했던
　마천루에 올랐네

오르면서 생각했네
　토목쟁이, 건축쟁이,
　전기쟁이, 조경쟁이…
쟁이들의 세상
　열정과 땀으로 얼룩진
　쟁이 꽃이 피웠네

* 기능·기술자를 나타내는 말에는 -장이를 붙여야 하나, 이 시에서
는 풍자적 분위기를 위해 -쟁이로 썼음

새로운 길

마라토너여, 그대는 왜 달리는가?

거친 숨 몰아쉬며 고독한 그 길을 왜 뛰고 있는가?

상식과 신뢰를 저버린
동심과 우정을 저버린
웃음과 비웃음을 구별 못하는
어리석은 머저리들을 피해 앞만 보고 뛰는 건가?

2018년 겨울 평창!

살얼음판 S자 코스에서 스키어들이 달리고 있다

그들만의 새로운 길을 위해 젊은이들이 내달리고 있다

우정, 환희, 평화, 감동, 배려의 길을 만들고 있다

3D 화면에서 은빛 새가 날아오른다

평창 밤하늘에 성긴 눈발이 내린다

24시간이 모자라*

석류 속처럼 꽉 채울 수는 없을까
어릴 적 고무줄놀이처럼 팽팽하게 당겨서
수평과 수직으로 넓힐 수는 없을까
속이 꽉 찬 시간과
팽팽한 시간을 더 만들 수는 없을까
기한은 다가오는데
52시간이 막고 있으니
석류 속처럼 속이 답답하다
붉은 석류알이 가슴에 박히고
박힌 석류가 핏줄을 내뿜는다
피 같은 석류알을 내뱉으며
개 같은 세상 침묵으로 저항한다

시간이 너무나 빨리 가 너와의 하루가 일분 같아
난 미칠 것 같아 아쉬워 아쉬워 너에게 갈 때는 달려가
떠나야 할 때는 발이 안 가 떨어지질 않아
아쉬워 아쉬워 널 보고 있으면 모든 걸 다 잊어버려
니가 나를 가득 채워 널 안고 있으면 모든 게 완벽해*

방에 처박혀 천장만 바라본다

천장에 떠서 조롱하고 있는 시간들

그것을 잡고 또 잡아서

옜다 이것도 써라 닦달을 하고 싶지만

내가 할 수 있는 일이란

납기일에 무릎 꿇고 비는 일

다음 약속을 침도 안 바르고 남발하는 일

그리고 혼자 소주를 들이키는 일

* 선미의 〈24시간이 모자라〉 노래 제목
* 선미의 〈24시간이 모자라〉 노래 가사 일부 인용

초대

대낮 개구쟁이 없는 윗잔다리공원은
마치 모든 풍경이 정지된 상태다
눈앞에 보이는 공기마저 서 있고
지나가는 버스 소리도 서 있다
적당한 거리 맞은편 벤치
아까부터 힘없이 앉아 있는 내 또래
핸드폰을 한참 동안 만지작거리더니
어딘가 통화를 하는가 보다

"이 차장 오랜만이지, 그동안 잘 있었어?"
"나야 그냥저냥 잘 있지, 김 이사님도 잘 계시지?"
"아 그래, 다들 잘 계신다니 다행이네."
"오랜만에 전화하니 좀… 혹시 이 차장 27일 시간 나?"
"아 그건… 별일 아니고, 큰애 결혼이라…"

모기만한 목소리 내 귀에 담긴다
전화했던 내 또래, 전화 받는 이 차장 모두 떨고 있다
동교동 소공원이 적막한 한숨으로 가득 차다

정답은 없다

그저께의 정답이 어제는 오답이란다
어제의 오답이 오늘은 정답이란다

결국
네가 하면 정답이고 내가 하면 오답이란 걸
나는 오늘 위대한 대한민국에서 알았다

두 다리 쭉 뻗고 잠자는데 문제없고
하루 세끼 밥 먹는데 문제없어
싸는데 전혀 문제없다면
정답 오답이 뭐가 이리 중한가?

말(言)이 말(馬)이 되어

온다. 눈에 보이지 않게 아주 낮은 포복으로 슬그머니 다가오는 한 마리 양 같은 부드러움으로 가슴에 스며든다

간다. 내 눈에 안 띄게 소리 없이 보낸 부메랑 접시가 내 가슴에 꽂힌 모습을 확인하고 사라진다

괜한 걱정으로 재촉한 시간들로 밤이 오고 또 새로운 고민을 하게 된다

내가 보낸 비수보다 더 예리한 너의 비수가 내 가슴에 꽂힐 때 난 하늘을 바라보며 꿈을 꾸고 있을 게다

꿈은 늘 그러하듯이 내가 생각하고 바라는 쪽으로 해석할 수 있으니까

그러기를 바라는 마음으로 세월을 보내지만 매일 꽈리를 부는 네가 너무 부담스러웠지

너는 모르겠지만 너의 입을 떠나 톡톡거리며 군중 속을 뛰어다니는 꽈리가 하늘을 날기도 하고 바다를 건너기도 하고 땅속을 헤집고 천방지축 난리를 칠 것 같아서

홀씨처럼 자유로운 그 꽈리소리가 통통거리며 너의 곁을 떠나 겁 없이 자유를 즐기는 모습들로 나는 심란했지

지금 앞에 있는 그 사내의 가슴속 오르막 내리막 장거리

경주하는

　심장 박동의 피 튀김 뒤에 감춰진 가슴을 들춰 봐

　네가 보낸 꽈리들이 모여 톡톡 핏줄을 노크하기도 하고

　통통거리며 헤진 가슴속에서 뛰어노는 모습들을, 사내는

자신이 왜 누웠는지 몰라, 사내는 그저 침묵 앞에 담담할 뿐

　상가(喪家)에서 꽈리가 큰 소리로 말하겠지

　말(言)이 말(馬)이 되어 말(言) 고삐를 잡을 수 없어

　그 말(言)에 사내가 이렇게 주검 되어 누워 있다고

선(線)이 선(善)으로

선은 지키라고 있는 것인데
모두 지켜야 할 선이 있다
지켜야 한다

선은 직선도 있고 곡선도 있다
만나기도 하고 만나지 못하기도 한다
선은 굵기도 하고 가늘기도 하다
시작과 끝이 동일한 선도 있지만
때론 시작은 굵으나 끝은 가늘기도 하고
가늘게 시작하여 굵게 끝나는 선도 있다
대부분 선(善)에 지쳐 가늘게 끝나기 마련이다

선은 누구에게나 있다
사람에게도 선이 있다
선은 자유자재로 마음을 드나든다
보이기도 하고 보이지 않기도 한다
너도나도 선이 있지만 때론 선이 없는 척한다

서로서로 선(線)을 지킬 때 선(善)한 세상이 된다

순종

너는 바람이 부는 방향으로
나는 바람이 부는 반대 방향으로
꼬리를 내린다
너는 새고 나는 사람이다
너는 비행기고 나는 배다
너는 깃대고 나는 깃발이다

'예'가 '아니오'를 이기지만
'아니오'가 '예'를 이기기도 한다
이기고 지는 것은 슬픈 일
절대 이기려고 하지 마라
절대 지려고도 하지 마라
그냥 그러려니 하고 살자

신도림역에서

계단이 이리저리 미로처럼 얽혀 있는
한 번에 두 계단씩 뛰어야 하는 바쁨이 있다
시계를 연거푸 보며
열차가 오지 않는 기찻길만 쳐다보는데
안내판의 빨간불은 여전히 꺼져 있다

도착을 예고하는 요란한 방송은
1분 1초를 다투는 삶을 부채질한다
삶의 전쟁은 이렇게 시작된다

축 처진 어깻죽지 양복에 감추고
술 냄새 머금은 채 집으로 돌아가는
당신의 삶은 차라리 편안해 보인다

저 끝 모를 기찻길에
삶을 올려놓고 두 토막을 내어
두 개의 삶을 살고 싶다

그러다 지치면 하나는 한강에 버리고

나머지 한 개로 열심히 살 일이지만
언젠가는 버려진 한 개를 찾으러
나마저 한강에 몸을 담글 것이다

월급쟁이 2

공간과의 싸움에서 나는 늘 졌다 가볍게 떠다니는 미세
먼지처럼 나는 나를 알지 못하고 알지 못하는 나를 알기
위해 시공(時空)과 다툼을 부르고 싸움질을 건다 그리곤
결국 진다 서너 평 공간에서 나는 언제나 위엄이 있고 어
깨에 힘이 있으나 가끔씩 가슴속을 비집고 들어오는 난
해한 총알들을 피하지 못해 수없이 머리에 쥐가 나고 가
슴에 경련이 이는 순간 모니터에 나를 집어넣고 발가벗
겨진 모습의 나를 흔들어댄다 아무것도 아닌, 아무것도
아니라고 해도 되는, 아무것일 수 없는 일들이 수없이 가
슴을 파고드는 그런 숱한 칼과 창을 받으며 지낸 세월이
이마에 주름을 만들었다

칼밖에 없어 한쪽 가슴을 잃은 적도 있고 때론 방패밖
에 없어 두 팔을 잃은 적도 있지만 어쩜 선배들이 가르쳐
준 월급쟁이의 비극인 줄 모르고 자고 나면 다시 생기는
새 가슴과 모기 손 안팎으로 긴장을 부르는 분위기들에
귀먹고 눈먼 나를 발견한다 황당한 분위기에 물든 나를
보며 또 다른 나는 혀를 찬다 먹고 살기 위해 잘 길들여
진 똥개처럼— 다름 아니다 나나 똥개나 동급이다 상하

좌우에서 터지는 총알에도 상처 없이 버텨야 했고 유탄의 미소에도, 흐느끼는 유탄의 손짓도 외면해야 한다 그들과 나는 한 뼘의 공간을 두고 손이 닿을 듯 말 듯 그렇게 적당한 간격을 유지하여야 한다

예전에는 가끔 똥개:나 똥개:나 하며 시간을 갉아먹고 살았었다 서너 평 공간에 살면서부터 나:똥개 나:똥개로 사는 나는 가족사진 속의 내가 아니었다

푸념처럼 월급은 스트레스 값이라고 내가 주절주절 후배들에게 내뱉는다

꿈속의 교정

새벽 공기 가르고 한숨에 내달은 곳
더덕 냄새 치악재에 흐르고
가슴을 적시는 고향 주포천

백련산 산허리 가로 지른 국도는
돌(乭)이의 푸른 꿈마저 훔쳐 갔다
수많은 군상(群像)들 허리를 지나는 동안
빡빡머리 소년의 밤새 가슴앓이와
촌로(村老)의 한숨만 문지방에 가득하다

교사(校舍) 뒤 그늘에서 공기놀이, 비석치기 하던
친구는 서울로 가고 순둥(順둥)이만 남아
소 몰고 밭갈이하며 사립문을 지킨다

운동장 귀퉁이에 한들한들 춤추던 수양버들
춤추던 가지를 잃고 몸뚱이만 의자로 남은
아담하던 연못터 흔적 없이 잡초만 무성하다

우리의 장래를 걱정하던 연화(蓮花)는 하늘나라로 간 지

오래다

그렇게 교정(校庭)은 술 공장으로 남아
알코올에 찌든 표정을 애써 감추며 고향을 지킨다

시 쓰기

반대 속에 숨어 있는 반대와 그 반대의 반대들…
다시 반대되어 돌아온 반대와 똑같은 반대인 것을 반대
하는
요즈음

세상 큰 눈뜨고 바라보면
절대 안 된다고
그저 보이는 것 못 본 척
아는 것 모르는 척
들은 것 못 들은 척
바보가 되어야 살 수 있다고
그런 세상과 멀어지고 싶어
책을 보다 글을 쓴다

좋은 시집을 겹겹으로 베개 삼아 잠을 청한다

밤새 좋은 시들이 머릿속을 들락날락, 내 머릿속은 온통
좋은 시로 가득 차고

이제, 꺼낼 시간만 남았다

2부

이장(里長)의 힘

FTA*

파도처럼 뒤엉켜
이리저리 밀리고 솟구치는
저 뻘겋게 끓는 쇳물은
아버지의 소 울음과
아들의 땀이 뒤범벅된
한숨이다

하얀 소 울음의 마블링과
땀방울로 뒤엉켜 생긴 등심 조각이
금테 두른 H*를 만들면

'띠이잉' 저녁 8시 뉴스를 알리는 쇳소리
아버지와 아들이 일촌이므로
쇳물과 소도 일촌이다

* FTA: 자유무역협정(Free Trade Agreement)
* 현대자동차 엠블럼(emblem)

압구정의 밤

한강을 끼고 자동차가 질주하는 올림픽대로
서울의 중심 우쭐대는 동네에 원혼이 있다는데
말년의 칠삭둥이 정자에 누워
인왕산 바라보며 쓴웃음 날리던 절벽
한때는 권력이 넘쳐흐르던 그곳
동호대교 갈매기 가로등에 앉아 매섭게 노려본다

압구정 어린이들 재잘재잘 지나가는 길
중국 사신들이 거하게 한잔하며 흘린 술들로
압구정지의 한낮은 늘 축축하다
억울한 죽음이 허공에 떠 있고
구천에 가지 못한 원혼이 방황하는 터
울창한 고목들이 하늘을 가리고 있다

밤마다 한강에서 기어나와 정자에 걸터앉아
'에헴' 이놈의 졸부들아 이 터가 누구 터인데
누에보다 못한 놈들이 눌러살고 있다고
오늘도 호리병 들고 고래고래 소리치다
새벽녘 한강으로 힘없이 돌아가는
뒤뚱뒤뚱 걸음걸이 뒷모습이 초라하다

소, 눈(目)으로 산다

논에서 질척질척 일하며 다리로 허기를 느껴도

부리망이 채워져 말도 못하고 콧구멍에 맺힌 하얀 설움에

큰 눈망울 이리저리 굴리며 앞산을 슬프게 바라보았지

긴 터널은 오늘도 진행 중, 기약 없는 터널의 끝 향해
부리망을 차고 일터로 가는 사람들

모두 선한 눈이었는데 송아지가 소 되고
성난 황소가 될 때까지 우린 너무 몰랐지요

부리망에 입이 닫힌 우리가 해야 할 일은
하루속히 황소가 자연으로 돌아가기를

두 눈 껌벅이며 간절히 기도할 뿐

한 번만 더

친구야,
"한 번만 더 생각해 보게나"
마포대교 전망대에 있는 동상
실의에 빠진 한 남자를
다른 남자가 어깨동무하며 전하는 그 말 한마디

왜 이리 무겁고 슬픈지를

산다는 것과
죽는다는 것은
손바닥 앞면과 뒷면 같은 것이어서
떼려야 뗄 수 없는 어려운 일인데

넌 어떻게 그 어려운 일을 쉽게 할 수 있지?

난 그 어려운 일을 쉽게 말리고 있다

"한 번만 더"

"한 번만 더"

올챙이들의 축하 공연

결혼식 가는 천안행 고속버스, 예고 없이 소낙비 내린다

차창에 부딪히며 흘러내리는 수많은 올챙이들, 그 중엔 중절모를 비뚤게 눌러 쓴 마이클 잭슨 올챙이가 문워크의 스텝을 밟으며 미끄러져 나온다

뒤를 이어 가수 비를 닮은 올챙이도 잘생긴 복근을 자랑하며 지그재그로 엉덩이를 흔들어대고

그 뒤를 어린 올챙이들이 줄줄이 줄줄이 군무를 춘다

한바탕 축하 공연이 끝나고 반짝 햇볕이 나자 비 온 뒤의 두꺼비마냥 어슬렁거리며 굵은 빗방울 몇 가닥 후미를 장식한다

올챙이 개구리 되어 시집보낸다고, 모든 올챙이들 다 나와 꼬리를 흔들면서 무대 뒤로 퇴장한다

뽀실이의 사는 법

뽀실이 미용을 하고 오란다

먼저 워밍업부터…, 아파트 몇 바퀴 돌면서
대소변 배설시키고 미용실 가야 개망신 안 당해

앞뒤 좌석 왔다 갔다 오두방정에 도저히 운전을 할 수 없
어 야단 좀 치고 조수석 바닥에 가둔다

길게 늘어진 혀, 물 달라는 소리, 겁먹은 눈엔 눈물이
그렁그렁…,

오늘은 목욕하고 미용도 하고 진료받는 날이다
오래전 뽀실이에게 화풀이한 적이 있었는데
바닥에서 쳐다보는 눈이 살려 달라는 그때 그 표정이다
걱정 말라고 얘기해도 빨간 눈엔 겁이 잔뜩 고여 있다

돌아오는 자동차 라디오에선 오늘이 말복이라고
여자 아나운서가 보양식은 드셨냐고 묻고 있다

봄날, 중문마을에서

제주 할망, 제주 바람, 검은 현무암 얼기설기 올록볼록
쌓아 놓은 중문마을 돌담 사이로 유채꽃밭 길게 이어져
있고

정낭이 내려진 텃밭 오름에 앉아 제주 할망 소일하는
오후

옆집 정주먹에 걸쳐진 한 개의 정낭,

돌담 넉넉한 인심 사이로 바닷바람 불어온다

사람이 좋아 촐랑촐랑 따라오는 강아지처럼
내 집 네 집이 따로 없는 중문마을에서

제 몸보다 큰 한라봉을 줄줄이 매달고 꿋꿋이 견디는
키 작은 감귤 나뭇길을 걷고 또 걸었다, 봄날

연(鳶)처럼 날 수는 없을까요

잘 마르고 마디가 적은 대나무를 대칼로 가늘고 알맞게 쪼개 탄력 있게 둥글게 깎아 내고 질 좋은 창호지를 머릿살이 알맞게 휘어지도록 가로 위가 아래보다 조금 넓게 오려서 시원하게 방구멍도 내고 머릿살 장살 중살 허릿살을 순서대로 놓고 붙여 초밥 먹인 머릿줄, 모든줄, 가운뎃줄, 아랫줄, 적당한 길이로 대살에 묶어 가운뎃줄에 얼레줄을 매어 놓고 꼬리를 붙이면 너는 세상을 날 수 있어

바람으로 생명을 얻으려 꼬리에 힘을 주고 연방 날려고 발버둥 치지

난 애처로워 뜀박질하며 바람을 모으면 넌 서서히 하늘을 향해 일어서지

실줄로 너의 가슴에 피가 돌도록 가끔씩 당겼다 풀어 주는 손놀림으로

네가 아닌 또 하나의 너로 하늘 높이 날 수 있는 거야

영동대교에서 한강을 바라보며 수심을 재고 있는 청년과
한강 둔치에서 하늘을 바라보며 높이를 재고 있는 청년
들이
하나, 둘 하늘과 강으로 사라진다
서로의 꿈을 향해 두 팔 두 다리 모두 벌리고 사라진다

맑은 하늘 터전 삼아 푸른 강물처럼 살아가고 싶다고

결코 쓰러지지 않고 바람처럼 춤추면서 살고 싶다고

크고 작은 나뭇가지에 상처받지 않고 하늘처럼 살고 싶
다고

영혼 없이 자유로이 날고 있는 너처럼 살고 싶다고

문상

자막으로 지나가는 식장 부고 안내문이 나의 발길을 무겁게 붙잡고 있다

무엇이 잘못되고 무엇이 잘 된 건지 확인해 달라는 친구의 외침만 들리고

어렵게 마주친 영정

곱게 빗질하고 예쁘게 화장한 채 오렌지색 한복 차림으로 환하게 미소 짓고 있는

친구들을 불러 놓고 물끄러미 바라만 보고 있는 그까짓 하늘의 부름을 뿌리치지 못한 채

수년을 씨름하다 지쳐버린 친구야, 영정 속에만 있지 말고 어서 걸어 나와 소주잔에 잔을 채워 함께 건배를 하자

어릴 적 손잡고 뛰놀던 고향엘 함께 가자

걸어 나오지 못하는 친구를 생각하며 우린 말없이 쓴 술만 입에 털어 넣었다

술을 술잔에 채우고 또 비우고 또 채우고

영정 속 친구같이 우린 쓰러지는 가슴을 안고 어둑한 시간 애써 일어나 작별의 인사를 했다

비틀거리는 몸으로 영정 속 친구를 다시 바라보니 눈물이 눈물을 가로 막았다

왜 그랬을까

어머니 돌아가신 날 왜 나는 울지 않았을까?

어머니 없는 아버지 없었기에 어머니는 이 세상에 없었어

내겐 늘 아버지만 보였거든 어머니는 어디 계셨던 걸까

늘 아버지 곁에 있었기에 내겐 어머니는 보이지 않았어

그렇게 한 평생을 살았던가 봐 아버지 뒤에 숨어서 그림자처럼

편한 숨 제대로 한번 쉬지 못하며 그림자의 그림자처럼 살았던 게야

그래서일 거야 내가 어머니를 찾지 않았던 것은 아버지만으로도 벅차기에

그늘의 그늘이 되기에 먼발치에서 바라볼 뿐

아버지 돌아가시고 나니 어머니가 보였어

그런데 말이야 왜 그리 초라하게 보이는지

왜 그렇게 살 수밖에 없었음을 말하지 않는지

이제라도 속 시원히 풀어놓을 줄 알았는데

세월의 입은 절대 열리지 않아 서운함을 풀기에는 아버
지의 그늘이 아직 남아 있었어

몇 년 후 그동안 쌓인 그늘이 어머니를 덮쳤어

몸과 말이 어머니의 뜻하고는 어긋나게 된 거야

참 답답한 노릇이었겠지 쳐다보는 나도 답답하고
제대로 걷자고 말하자고 안간힘을 썼지만 소용없었어

어머니는 아버지의 그늘에서의 생활이 싫었으면서도 좋

아했는지
　난 알 수가 없었어

　심술 맞게 물어보기도 했지만 웃음만 있을 뿐 그 웃음의
의미를
　미처 알기도 전에 아버지와 같은 세상으로 떠났어

　생전에 어머니가 흘린 말씀 따라 아버지 곁이 아닌 곳으
로 모셨어

　우린 청개구리가 되었는지도 몰라

　지금 생각하면 난 너무 비겁하고 옹졸했어

　그래서 울지 않았는지 울지 못했는지 모르겠어

바람

― 유권자와 출마자 사이

바람과 싸우려 하지 마라 살랑살랑 부는 바람에 가시 있다

가시가 성을 내면 광풍이 되듯, 가슴으로 보는 바람 아니면

절대 맞서지 마라

쪼개진 것 같으나 다시 뭉치고, 앞에 선 것 같으나 뒤에 있고

위에 있는 것 같으나 아래에 있는, 그래서 나도 모르는 바람

네가 애써 외면하는 바람

잡으려 해도 잡히지 않는, 잡힌 것 같으나 잡히지 않은
내 앞에 있는 것 같으나 없는, 바람은 알고 당신만 모르는

그런 바람에 절대 맞서지 마라

몹쓸 자식

정각(正覺)실을 들어서니 내 얼굴을 보자마자 우신다

보고파서 답답해서 서러워서 외로워서 어떻든 한 5분은
우시는 거였다

뼈마디에 피부 껍질만 잡히는 손을 쓰다듬으며 그만 우
시라고 말하는 나도 울음이 목구멍에 차고 눈물이 눈동
자 가득 울음을 참느라 당신의 얼굴을 한동안 외면하며
먼 산만 바라본 채 손만 계속 쓰다듬었다

몇 잎 남지 않은 감나무에 서리 맞은 감들이, 주렁주렁 명
을 재촉하고 있는 창가로 향한 시선은 눈물에 흐릿하고
정적이 한동안 낙엽처럼 흐른 뒤였어

"잘 있었어?
얼굴을 보니 좀 나아진 것 같아 살도 오르고…
집보다 더 편하고 더 좋은가 봐 집에 가고 싶지 않아…?"

"응, 여기가 편해 심심하지도 않고 니들도 심들지 않
고…"

최씨 고집은 언제 저 산으로 보냈는지
껍데기만 병상에 남아 못다 한 속앓이 쏟아진다
천 일 동안 숨겨둔 가슴들이 철저히 내 가슴을 쓸어내리
는 이 시간
창가에 보이는 산기슭, 대숲은 늦가을 바람에 잉잉대고
낙엽들은 우르르르 떼 지어 잠잘 곳 찾아 헤매는데

어머니 당신의 하루는 일 년 같았을 텐데
나는 왜
한나절이 십 년 같을까

유치원

노란 병아리차가 모셔 가고 모셔 와요
커다란 방에는 풍선이 걸려 있구요
풍선 속에는 제각각의 아픈 기억들이 숨어 있어요
빨주노초파남보 무지개도 걸려 있어요
대형 어항 속 금붕어는 마음껏 수영을 즐기고 있네요
귀퉁이, 조그만 새집에는 잉꼬부부가 살고 있어요
여학생 삼삼오오는 족욕을 즐기고요
남학생 서넛은 안마기에 몸을 묻었네요
재활방 운동기구가 학생들을 기다리고 있어요
교육실 테이블에는 학생 부부가 앉아 그림을 그리고요
그 옆자리엔 백발의 학생들이 색종이를 접고, 자르고,
붙이고 참 열심히도 비행기를 만들고 물고기도 만들어요
남학생 여학생 뒤섞여 앉아 하는 탁구공 놀이가 제일 재
밌나 봐요
어린 학생을 태운 휠체어를 밀고 가는 보호사가 인사를
하네요
어제의 일로 상담받으러 선생님께 가나 봐요
가끔, 유리창 밖에서 보호자가 지켜보는 이곳은
싱싱한 꿈을 꾸는 어르신들이 심심한 시간을 보내는 곳

이지요

　저도 나중에 크면 갈 거예요

　어르신 유치원 말고 실버스쿨이에요

이장(里長)의 힘

나의 아버지 존함은 서로 상(相) 자에 구슬 옥(玉) 자이다
그런데 동네 어르신들은 "어이 산옥"이라 불렀다
그저 동네 어르신들이 발음을 편하게 하여
부르는 이름이라 생각하고 있었는데
초등학교 생활기록부에
보호자 이름이 이산옥으로 되어 있었다
담임 선생님이 휘갈겨 썼으려니 하고 지냈다
나중에 호적 등본이 필요해 발급 받아 자세히 보니
아버지가 이상옥이 아닌 이산옥으로 기재돼 있어
하도 궁금하여 아버지께 여쭤봤더니
처음으로 주민등록 제도를 시행할 때
농사일이 바빠 동네 이장이 면사무소에 대신 갔단다
그런데 이장이 상(相)으로 얘기했는데 면서기가 산(山)으로
쓰는 바람에 지금까지 그냥 지내 왔단다

초등학교 친구가 이름을 개명하였다
늘그막에 왜 개명을 했냐고 자초지종을 물으니
원래 이름으로 돌아온 것이라 한다
그 친구도 동네 이장이 면사무소에 가서

대신 출생 신고를 해 주었다는데 공 훈(勳)을 까먹고
동쪽에서 낳았다고 동녘 동(東)으로 신고하여 그대로
살아왔다고 웃으며 이야기한다
나중에 들어 보니 그런 일이 비일비재했다는 것이다
당시에는 첩첩산골에서 자식을 낳으면
이장이 날을 잡아 삼사십 리씩 면사무소에 걸어가
한꺼번에 동네 사람 출생신고를 대신해 주었다나
가는 길에 친구 만나 막걸리 한잔하고 이 동네 저 동네
돌다 보면
　순희가 순이로, 명순이가 명식으로, 현돌이가 현석으로,
순자가 춘자로
　이장 마음대로 이름이 지어졌다는 기막힌 이름 속에 아
버지도 들어 있었다

편지

쓰고 지우고 또 써 봐도
내 마음은 가슴에 남아 있네
아무리 고민해도 이 마음 쓸 수 없어
하얀 편지지만 바라보다
내 가슴은 새까맣게 탔네
분명 쓸 말은 가슴에 남았는데

새까만 재로 변한 가슴의 말은
쓸 수 없는 시쳇말이 되었네
한없는 그리움에 가슴을 잃어버렸네
잃어버린 가슴에 무슨 미련이 있을까
야속한 글귀가 오늘도 마음 한쪽
추억으로 우두커니 서 있네

내가 보낸 추억인지
임이 보낸 추억인지
하얀 편지지에 눈물만 떨구고 있네

어느 소방대원의 푸념
— 우스갯소리

소방차는
비켜다타비켜다타 비켜빨리비켜빨리

응급차는
비켜급해비켜급해 비켜죽어비켜죽어

경찰차는
비켜바뻐비켜바뻐 비켜클나비켜클나

레커차는
비켜내돈비켜내돈 비켜새끼비켜새끼

장의차는
눈만깜박눈만깜박 슬퍼깜박가네깜박

사이렌 소리는 죽음의 소리
비상등 점멸은 주검의 소리

3부

허무한 집

허무한 집 1
― 하우스

충북 제천시 봉양읍 주포리 210-2, 겨울밤 눈은 슬프게
주인 없이 내리고

어둠이 한 겹 두 겹 무섭게 내려앉으면 하얀 눈의 무게로
밤이 대낮같이 환하다

하우스는 지금 살기 어린 눈빛으로 밤을 밝히고
어깨 넘어 바라보는 개평꾼의 소리 없는 몸짓만 어둡다

선수가 아주 낮게 바닥에 단풍 한 장 툭 내던진다

단풍에 모아지는 눈빛들의 생각이 시커멓게 그을린 호야
에 새겨진다

방 귀퉁이 촛불이 잽싸게 생각을 읽고 몸을 사려 어둠을
끌고 오면
흐릿한 호야 밑 군용 담요 위로 수십 가락 손가락들이 춤
을 춘다
48명 병사들의 전쟁은 밤과 낮이 바뀌어도 휴전 없이

계속된다

　매일 바치는 세 끼 밥과 새참국수에는 어머니의 눈물이 가득하고

　취한 채 막걸리 주전자를 들고 양조장을 들락거린 하우스보이 얼굴이

　앳되다

　일주일의 전투가 끝난 하우스 창호(窓戶)를 활짝 열어젖히면

　구린내 나는 지폐 냄새가 담배 연기와 함께 하늘로 스멀스멀 사라진다

　조만간, 지난 전쟁의 복수를 치르러 올 꾼들을 위하여 지난번에 이어

　연승을 기대하는 꾼들을 위하여 물걸레로 꾼들의 가슴팍을 밀 듯 아버지 성깔대로

　발가락과 엉덩이에 힘을 주어 방바닥을 닦는다

　엄동설한 하우스보이의 밤은 길다

아버지는 항상 꽃놀이패였다

왜정 때는 밤마다 관솔을 밝히고 산속 골짜기에 하우스
를 열기도 했다는데⋯

허무한 집 2
― 만화방

눈꼬리가 예사롭지 않았어, 뭇 남자들이 좋아할 수밖에 없는

그러니까 집적대기에 적격인, 촌에서는 절대 살아서는 안 될

아줌마가 길가 사랑방에서 만화방을 했어

사실 난 만화를 좋아하지 않았어

왜냐하면 아버지가 싫어했기에, 그런데 그런데 말이야

가끔은 학교엘 갔다 오면, 아줌마가 어딘가 다녀온다고

잠깐 만화방을 봐 달라고 했어

그럴 때는 아버지도 뭐랄 수 없었어

아줌마한테는 싫은 얘기를 못했거든, 마루에 눕거나 딱

딱한 의자에 앉아

나도 손님과 함께 만화책을 보는 게 가게를 봐 주는 거야

아줌마가 분 냄새 풍기며 돌아오면

나의 임무는 끝이었어

참 아줌마는 도시 같은 여자였어, 매력이 넘치는 얼굴과
옷차림이었어

아줌마처럼 만화방에 만화만 있었던 건 아니야

공부하기 싫은 애들이 좋아하는

어른들이 보는 소설도 귀퉁이에 있었어
아줌마, 아저씨가 좋아했을, 상상만 해도 얼굴이 빨개질

겁쟁인 못 봤을, 아줌마의 빨간 입술처럼 쓴 소설들

낡고 누런 책의 대여 이력이 아줌마의 이력까지 느껴져

그런 소설을 보는 날은 아줌마가 늘 그리워 —— 그리웠
어

허무한 집 3
— 할머니와 손자

좁은 터에 운동장 같은 부엌과 크고 작은 방 다섯 개
촘촘한 나무 대문을 양쪽으로 열면 대문 넓이로 길게
마당 겸 통로가 있고 끝자락 비탈에 변소가 있었지요
통로 끝 뒷방에는 손자를 위한 일로 하루를 온전히 보내는
할머니와 어머니를 한 번도 본 적이 없는 외로운 손자가
살았었지요

충북 제천시 봉양읍 주포리 210-2
집 앞 국도는 제천 시내서 나와 충주와 원주로 나뉘는 삼
거리
대형시외버스가 두어 시간 단위로 손님을 태우고 떠나는
버스 정류장이 있었지요

가끔 버스 기사가 한 보따리 선물을 들고 나타나서 할머
니를 만나
짧은 이야기를 하다 떠나곤 하였지요

후덕하고 덩치가 있어 든든해 보이는 기사가 선한 웃음
을 흘리며 떠나면 뒷방 손자는 되돌아서서 외면했던 모습

이 기억나요

　또 여기를 지나는 노선이 정해지면 온다는 무언의 약속
들이 가슴에 남아 그날을 기다리며 사는 할머니와 손자는
한 삼사 년 살다 이사를 갔지요

　떠난 후에야 할머니가 딸을 그리워하는 외할머니였다는
사실을
　짐작으로 알았지요

허무한 집 4
─농협 창고

집 앞 길고 좁다란 마당에는 철조망 울타리가 길게 쳐져
있었고
울타리 건너에는 지붕과 벽이 골로 접혀진 양철로 지은
농협 창고가
뒤편으로 길게 산처럼 우뚝 서 있습니다

창고 앞에는 조그만 운동장 크기의 넓은 마당이 있습
니다

정기적으로 농부들이 마차에 땀방울로 농사지은 곡물을
가득 싣고 와
대기하면서 땀 흘린 얘기들을 합니다

이윽고 때가 되면 아침 일찍부터 기다리고 있던 저쪽서
부터
농산물 검사원이 벼 가마니와 곡물 자루에 퍼런 잉크를
묻힌
등급 도장을 팍팍 찍어 댑니다

검사원들의 판정을 받고 나면 서로의 눈빛으로 희비를
나눕니다

벼, 보리, 담배, 누에고치, 콩 등등 곡물도 있지만 가끔 소,
돼지까지도 등짝에 등급을 받습니다

피땀 어린 땀의 대가는 현장에서 노란 봉투 안에
현금으로 전해집니다

농협 창고 앞마당이 개장하는 날에는 우리 동네 주막들
이 들썩대는 날이기도 하였습니다
허름한 주막집에서 김 씨는 주모들을 상대로 안주를 대
신합니다

농사철 땀방울들을 생각하며 한숨으로 안주를 만들기도
하고 값싼 체념의 헛웃음을 허공으로 날려 보내기도 합니다

내일이 없는 사람처럼 막걸리를 들이켜며 뜨거웠던 태양
빛 고생을 잊어버리려 합니다

마차에 몸을 싣고 첩첩산중 집으로 돌아가는 뒷모습이
슬퍼 보였습니다

김 씨를 기다리는 아내와 자식들이 그믐밤 별 어둠으로
지켜봅니다

어둠을 밝히며 마차를 끌고 가는 황소의 눈에는 이슬이
맺힙니다

껌껌한 마차 위 김 씨의 눈에서도 눈물이 하염없이 흐릅
니다

허무한 집 5
— 우체국

집 앞 농협 창고 울타리 건너에는 우체국 관사가 마주 보
며 있습니다 우리 초가집과 달리 적벽돌로 반듯하게 지
은 집은 기와지붕으로 잘 덮여 있습니다 철조망으로 경
계를 이룬 마당이 앞에 있어 농협 창고가 없으면 같은 마
당을 쓰는 것처럼 그곳 마당에서 벌어지는 일들이 우리
집 마당에서 생기는 일이라 느껴질 정도로 가까웠습니다
관사에 붙은 우체국은 길가에 접해져 있습니다 우체국
앞 길가에는 빨간 우체통이 장승처럼 우체국을 호위하며
서 있습니다 우체국장은 몇 년마다 바뀌기 때문에 관사
의 주인공들도 항상 낯설게 느껴집니다 우리 동네가 무
서운지 관사를 벗어나지 않는 외딴섬의 외지인으로 살다
가 떠나는 먼 그런 이웃이었습니다 관사에는 늘 얼굴이
하얀 여자아이들만 보였습니다 말을 붙이기도 어렵던 그
런 새침데기 같은 아이들이 늘 궁금했지만 한마디 말도
붙이지 못하고 가슴으로 보내고 맞이하곤 했던 기억들이
수신처 없는 엽서로 켜켜이 우체통 속에 담겨 있습니다
가끔은 일부러 우체국에 들러 기웃기웃 서성대다 오기도
했지만 우체국에선 볼 수 없는 아이들이었습니다 집 툇
마루에 배 깔고 누워 이름도 성도 모르는 아이를 바라보

는 것이 일과이기도 했습니다 깔깔대는 웃음소리가 귓전
에 들리면 귀 기울이고 먼발치서 숨어 지켜보는 것이 유
일한 낙이었습니다 몇 년마다 바뀌는 관사의 키 큰 해바
라기 같은 여자애들은 모두 하얀 얼굴이었습니다 나는
해바라기 밑에서 슬프게 흔들리는 코스모스로 기억될 것
입니다

허무한 집 6
─ 새마을 운동

아버지는 글공부한 선생이나 면서기(面書記)를 부러워했
다

커서 면서기나 선생이 되었으면 하는 바람으로 나를 진
학시켰을 것이다

5월의 휴일 한낮 무거운 발걸음, 육중한 나무 대문을 조
심스레 열고

모란이 활짝 핀 정원을 지나 툇마루 위에 앉아 면장에게
아버지는 "어떻게 해야 될지" 모기만 한 목소리로 눈칫말
을 한다

내가 할 수 있는 말도 똑같은데 아버지는 어린 내 등을
자꾸 민다

침묵 속 고개를 조아린 세 사람, 오뉴월 후끈한 더위에 열
이 난다

"아버님 죄송합니다 면서기가 도면을 잘못 보는 바람에
이렇게 됐습니다
　아버님 집은 새마을 주택 개량 사업 대상이 아닌데 허물
어서 죄송합니다"

　큰소리쳐야 할 아버지는 말이 없고 등짝의 힘으로 겁 없
이 대들고 나왔다

　훗날 면장의 배짱 아래 변두리 밭에 주인의 허락 없이 집
을 지었지만

　이십여 년이 지나서야 허물었던 집터 멀리 고가 차도가
세워졌다

　허물지 말았어야 할 허무한 집터, 어린 추억이 이리저리
얽혀 있는
　집터에는 고구마꽃이 발그레 피어 있다

허무한 집 7
— 무장 공비

전경(戰警)들이 짐짝처럼 군용 트럭 뒤에 두 줄로 마주 보
며 수시로 달리던 집 앞

'따쿵 따쿵' 하는 소리가 먼발치에서 들렸다

훈련을 하는가 보다 하면서도 마음은 먼발치 신나서 떠
드는 친구들은 주검을 겁내지 않고 얻어들은 얘기를 현장
에 있었던 듯 얘기한다

이웃 동네 식당에서 앳된 청년이 밥을 먹는데
둘둘 말은 신문지 귀퉁이에 총(銃)열이 보였대
누군가 신고를 했고 낌새를 눈치챈 젊은이는
황급히 식당을 떠나 우리 동네 야산으로 숨었지만
포위망을 좁혀 가는 전경들의 자수 권고도 무시하고
작은 소나무 붙잡고 버티다가 사살되고 말았다는
한동안 동네를 '따따쿵 따따쿵' 하며 흔들어 놓았다

방학 때면 학교 운동장은 전경들의 차지였다

대형 천막을 치고 상주하면서 작전을 수행했는데 무장
공비가 뭔지도 모르면서 그저 친구들은

수시로 학교 운동장을 찾아 궁금증을 풀려 했다

삼거리 검문소에도 헌병들이 상주해 있었고 오가는 차량
은 여객이든 화물이든 검문을 했다

각 잡힌 군복 차림으로 위엄을 뽐내며 절도 있는, 거수경
례 철모 밑 눈빛을 보면 살기가 돌았다

'따따쿵 따따쿵' 소문의 궁금증엔 대꾸도 없이

몇 년 전 동네 야산에 매장된 젊은이의 시신을 군인들이
와서 엄숙히 수습해 갔다고 했다

허무한 집 8
— 자전거포

나무 대문을 끼고 자전거포가 세 들어 있었다

일반 자전거가 아닌 짐발이 자전거(自轉車)가 생계를 위해
수시로 찾던
자전거포

조 씨는 하루 종일 자전거 수리에 녹초가 되면서도 주인
이 오면 허리를 굽신하며 늘 상냥하게 돈 잘 버시라며 자전
거를 꺼내 준다

수년 동안 열심히 돈을 벌던 조 씨는 사라지는 짐 자전거
처럼 가게를 접고

다른 일을 한다며 시내로 사라졌다

자전거는 멈추면 쓰러진다

목적지까지 두 발에 힘을 주고 열심히 페달을 밟아야 한
다

멈추려면 서서히 속도를 줄이고 미리 발을 내려 멈춰 쓰러지지 않도록
거치대를 걸어 줘야 한다

지금도 많은 사람들이 자전거를 타듯 쓰러지지 않으려 열심히 살고 있다

언젠가 조 씨처럼 쓰러지겠지만, 닦고 조이고 기름 쳐서

타이어 펑크가 나기 전까지 자전거에서 버티려고 안간힘을 쓴다

허무한 집 9
—길

집 앞에는 국도가 자리 잡고 있었다

국도 옆으로 중앙선 철로가 지나고 건너 산비탈 옆으로 비스듬히 충북선 철로가 중앙선을 만나기 위해 봉양역으로 향해 있다

두 선로가 합쳐 제천으로 가고

그 반대 방향은 원주, 충주로 찢어져 있다

국도도 세 갈래 길이다 동으로, 남으로, 서로

길이란 오가기 위해 만들어진 것, 어릴 적 길은 그냥 길이었던 것,

통옥수수의 알처럼 앉아 있는 승객에게 촌놈은 그저 손만 흔들어 주는 것이 길에 대한 예의였다

어릴 적엔 길 끝에는 높은 절벽이 있어 죽음이 기다릴 것

이라는

그런 두려움으로 길을 무서워했다

어린 키로 보이는 것이 세상의 전부였다

학교를 다니며 길이 무섭지 않게 되었다 호기심으로 길
끝을 가고 싶다는
삭막한 집을 떠나고 싶다는

길 위를 한없이 걷고 싶다는

그런 마음으로 하루하루를 살았다

길에서 인생을 바꿔 보리라

두려움보다 호기심으로 어린 나이에 서울로 가는 길에
도전을 했다

가난을 이기기 위한 최선의 길이었다

허무한 집 10
―꿈

개꿈 같은 껌딱지를 벼름박*에 붙였다 뗐다 하면서 오늘과 내일 다른 꿈을 꾸면서 꿈을 키웠다

매일 매일이 다른 꿈

껌 풍선처럼 커졌다 힘에 부치면 터지는 그런 꿈을 벼름박의 껌이 딱딱해 이가 아플 때까지 꿈을 키웠다가 접었다가를 밥 먹듯 했다

가끔씩 집 앞을 지나가는 기차를 바라보며 시발지와 종착지를 궁금해하는 꿈을 꾸면서 아무 곳에나 데려다주기를 꿈꿨다

기적 소리가 힘차게 울리는 그런 곳이면 될 것 같았다

밝은 꿈만 꿀 수 있는 그곳이라면 꿈을 키울 수 있는 그곳에 갈 수만 있다면 화물 열차의 짐짝이 되더라도 좋겠다

고지식의 대명사인 아버지 곁을, 주눅으로 가득한 어머

니의 모습을

　보지 않아도 되는 그런 그곳이라면 잠이나 실컷 자면서
내 마음대로
　맛난 꿈을 꾸며 살 것만 같았다

　골방에서 껌딱지 같은 꿈을 키웠다

*벼름박: '바람벽'의 방언

허무한 집 11
— 숨바꼭질

숨는다는 것은 내 모습을 감추고 싶거나

남에게 몹쓸 죄를 짓거나 여러 가지 정황으로 나를
버리고 싶을 때 숨는 것이다

어릴 적 동네 아이들과 숨바꼭질할 적마다

짚가리에 숨은 짧은 시간

머리를 스쳐가는 생각들

순희에게 했던 짓궂은 장난

엄마한테 했던 거짓말

선생님께 습관처럼 했던 약속

숨바꼭질을 숨바꼭질처럼 했던 나를 이제야 되돌아본다

뒷집 펌프 앞 시멘트 발라 네모로 만든 물받이에 살얼음
이 언 것도 모르고 급히 숨으려고 뛰어가다 넘어져 생긴 이
마 상처 객지에서 거칠게 살아가라는

숨바꼭질 인생의 훈장이다

허무한 집이 준 추억의 상처다

허무한 집 12
―상구 형

구불구불하고 먼지가 폴폴 나는 신작로 대신 들판을 곧게 지른 철둑길로 다니기도 했지요

해가 지기 전에 집에 가야 했으니까요

완행열차가 지나간 철둑길 철로에 앉아 열차 뒤꽁무니를 향해 하모니카를 열심히 불어 대던
사내는, 음악처럼 슬픔에 밴 얼굴로 하모니카에 얼굴을 파묻곤 했지요

스쳐 지나간 열차에 타고 있을 매일 밤 꿈속에 나타나는 그녀를 위해

어둠이 깔릴 때까지 이마에 핏대를 내며 입술을 깨물면서 하모니카를 배가 고프도록 씹어 댔지요

가슴이 침목처럼 타들어 가고 기름먹은 자갈들이 실없는 뒷말을 했지만

사내는 들으려 하지 않았어요

휘돌아 보이지 않는 철로의 끝은 항상 서울, 서울의 끝으로 어둠이 내리고

암흑을 가로지르는 하모니카 방마다 아기자기한 사연들이 채워졌지만

두 줄기 선로(線路)는 서로 얼굴만 쳐다보고 사내에게 아쉬움의 손만 흔들고 있지요

70을 바라보는 사내는 아직 허물어 가는 고향 집에서 누군가를 하염없이 홀로 기다리고 있을 테지요

허무한 집 13
— 정육점 지 씨

　가난이 피처럼 뚝뚝 떨어지던 시절 아무도 잡으려 하지 않던 칼을 잡고 가슴을 후벼 파듯 살점을 발라내고 세월 먹은 움푹한 숫돌에 쓱싹쓱싹 가슴에 하얀 칼날을 세웠다 어린 나이에 시장 바닥을 누비게 된 철부지 아닌 애어른으로 제 이름을 잃고 셋방 냉골에 가슴을 처박고 꿈을 버린 날 문지방 틈으로 들어오는 바람마저 소리 없이 비웃었다 백열전구 불빛은 늘 추웠고 졸고 있는 진열장 빨간 형광등은 늘 따스했다

　자주 빈혈이 있었던 양팔 저울로 균형을 잡기까지 고단했던 하루하루들 전자저울의 파란 숫자가 가리키는 세월의 나이가 철봉대에 걸친 S자 갈고리에 굴곡처럼 휘어져 걸린 등뼈 줄거리와 세월을 뒤집고 순서를 기다리는 핏빛 몸뚱아리를 보면 지 씨는 자신의 심장까지 오려 내 진열장 한편에 처박아 넣고 팔고 싶었다 백정이란 손가락질이 가슴을 후비고 무학의 설움이 응어리질 때마다 정육점 고기처럼 지 씨는 온몸이 고기가 되었다 뼈를 추리는 손놀림과 손님의 주문에 따라 단 한 번에 저울의 눈금을 맞추는 지 씨는 늘 칼끝의 상처에 밤을 설친다

어린 날 대못을 기차 길 레일 위에 올려놓고 숨어서 기차를 기다리며 마음을 조아리다 저 멀리 지나간 기차에서 튕겨져 나온 대못을 주워 숫돌에 갈아 만든 칼들이 밤마다 나타나 춤을 춘다

허무한 집 14
— 외상값이 술맛을 부른다

　백열전등 갓 위의 시커먼 먼지 두께만큼 공주집도 나이가 들었을 게다

　구석구석 거미줄이 감시 카메라처럼 자리 잡고 서까래 사이사이 그을린 천장들이 바싹 웅크리고 내려 보는 공주집. 한여름 오후 몇몇 상에서 진을 치고 있는 사내들 사이 가슴과 엉덩이 크기가 똑같은 도꾸* 엄마는 이 상 저 상 열심히 다니며 매상에 열 올린다 연거푸 찌그러진 막걸리 주전자를 비워대고 구석에 자리 잡은 술 장독 속을 긴 막대 됫박으로 휘저으며 연신 주전자가 넘치도록 막걸리를 따른다

　금이 간 채 놔둔 미닫이문의 유리가 삐끄덕 소리를 지르며 주인 대신 손님을 맞는다 "어이 도꾸 엄마 여기 막걸리 좀 줘 봐유, 한양서 불알친구 왔응께" 허리춤이 학교 소사 팔뚝 속에 파묻힌 도꾸 엄마는 본체도 않고 연신 젓가락으로 파전을 찢어 입속에 넣기 바쁘다 "어이 내 말 안 들려, 막걸리 달라니까" 묵직한 고함이 나가자 "권 씨 아저씨 밀린 외상값부터 갚고 술을 달래야 주지" 코맹맹이 소리로 내뱉는 도꾸 엄마, 다시 허리춤에 찬 앞치마 돈주머니에서 인

생 꺼내듯 구겨진 지폐들을 상 위에 펼쳐 놓고 흥얼흥얼대기만 한다 열 받은 권 씨 "뭐 이런 년이 있어" 하곤 뛰쳐나가도 본체만체 돈만 세는 도꾸의 이력이 빛나는데

　전봇대에 매어진 송아지 한 마리 오줌과 똥으로 질펀하게 어지럽힌 공주집 앞 길가 "도꾸 엄마 내 외상값이 얼마요? 저기 외상값 갖고 왔으니 셈하고 거스름돈이나 주소" 시선을 잃어버린 도꾸 엄마 귀가 토끼 귀가 된다 "아따 권 씨 아저씨 그냥 한번 해 본 소링게 웬 소를 끌고 와유, 빨리 집에 델다 놓고 오슈, 술상 내 거하게 차려 놓을게" 아양도 이런 아양이 없다 권 씨 고함에 공주집이 흔들리고 영문 모르는 송아지는 큰 눈망울만 연신 사방으로 돌리기 바쁜 공주집.

* 도꾸: dog

허무한 집 15
— 월남에서 돌아온

월남에서 돌아온 기와집 큰아들 돈 벌고 돌아왔네
월남에서 돌아온 구릿빛 큰아들 효자라 소문났네
쩍 벌어진 그 어깨 날카로운 눈동자 살아서 돌아왔네
동네 처녀 설레며 담 뒤에 숨어서 모두 다 반하네
어리숙한 큰아들 걱정스러웠지만
늠름하고 사내답게 변해버린 큰아들
동네 어른 모두 다 효자 낳네 효자라 모두 다 칭찬하네
그런 아들 두었다고 신이 난 어머니 마을 잔치 벌리네
폼 재는 큰아들 구릿빛 큰아들 꺼릴 게 없었어요
돈 벌고 돌아온 효자 아들 큰아들 부러울 게 없었어요*

"이 여자랑 결혼하고 싶습니다"
"아니 뭐라구 그건 안 돼 이눔아 내 눈 감기 전에는 그렇게 못 해"
"이래 봬도 월남까지 갔다 온 제가 알아서 한다니까요"
"그래도 그건 안 돼야"

눈이 뒤집혀 뒤뜰로 뛰어간 큰아들 농약을 손에 든 채 어머니 앞에서 벌컥벌컥 마시고 쓰러진다

어릴 적 태극기 흔들며 목이 터져라 노래 부른 맹호부대,
백마부대, 비둘기 부대 형님들 무사히 돌아오라 손 모아 기
도했던 월맹군 수없이 사살했던 자랑스런 윗집 큰아들 소
리 없이 쓰러져 월남으로 향한다

* 1연은 김추자 가수가 부른 〈월남에서 돌아온 김 상사〉 노래 가사
를 패러디함

4부

조용한 사직

조용한 사직*

누군가 조용한 사직을
꿈꾸고 있을 때

누군가 조용히
가슴 속 깊이
길게 울고 있을 것이다

* 조용한 사직(Quiet Quitting): MZ세대의 신조어로 회사를 그만두는 게
  아닌, 오히려 회사를 다니며 일하되 주어진 일 이상으로 하지는 않
  겠다는 의미. 즉, '받은 만큼만 일하겠다'는 의미를 가진 직장에서
  의 태도를 말함

먹고 사는 일

사람이 사람을 좋아하기는 쉬운 일, 사람이 사람을 미워하기도 쉬운 일

좋아하고 미워하는 것 또한 먹고 살기 위한 일

벌이 꽃을 찾는 일, 강물이 바다로 흘러가는 일

수소가 암소 등에 올라타는 일 또한 궁극적으로는 먹고 살기 위한 일

메일 인사

'암 보험 정보', '보험료 조회 소식', '실속 치아 보험 안내', <병원비+입원비+수술비> 전부 보장되는 건강보험 상품 안내', '이준희 님의 예다함 예상 납입금 조회 결과입니다' 어느 날 갑자기 소낙비처럼 떼 지어 찾아오는 아침 인사, 내 집 주소는 어떻게 알았는지, 예순이 되고 보니 허! 허! 허! 나 아직 건강하다. 제발 겁주지 마라 밤새 안녕하니 아침 인사는 이제 그만 하라고 제발

눈물

눈이 커서 눈물이 많은 게 아니다

눈이 작아 눈물이 없는 게 아니다

눈물은 눈의 크기보다

가슴의 크기에 있는 것

어른과 아이

나는 난가?
너도 넌가?

우리 어릴 적

너는 나였고
나는 너였는데

삶

살아온 날만큼 빠진 머리칼

살아갈 날만큼 남은 머리칼

주변머리 있게 멋지게 살려고

주변머리 없는 머리를 굴리네

힘

신[靴]은
힘이 세다
나를 든다

신(新)은
힘이 더 세다
나를 바보로 만든다

신(神)은
힘이 엄청 세다
나를 미치게 한다

강적

펜은 칼보다
강하다 했는데
요즈음 제대로 된
펜도 없고 칼도 없어
매사에 안 듣고 안 보는
내가 제일 강한 놈일 거다

병아리

앞 차가 영 시원찮다

느리기도 하고

한쪽 차선으로 치우쳐 가기도 하고

깜빡이 없이 옆 차선으로 가기도 하고

오늘따라 그냥 흰 병아리 따라가기로 했다

딸아이가 차를 산 지 한 달 됐다

반상회

높은 가로등 위에는 늘 흰 비둘기 앉아 있었어요

엄마 비둘기들 모여 앉아 반상회 하다가

검은 비둘기 나타나면 허겁지겁 둥걸이로 쫓겨났어요

흰 비둘기들 서로 쳐다보며 꾸우 꾸우 울다가

어디론가 멀리멀리 날아가 버렸어요

나도 외로워요

학의천 가로지르는

보행교 아래

외로워서 끼리끼리

만난 물고기

산책 나선 시민들

외로움 지워 주려

새우깡 던져 주면

어디서 날아왔는지

시민 곁 바짝 난간에 앉아

발을 구르는 비둘기

나도 줘요 나도 줘요

나도 외로워요

로드 킬

살자고 나는 오늘도 새벽 탄천을 달린다

어스름한 밤과 아침의 경계 어둠과 밝음의 경계에서

먼발치 어스름한 고라니 한 마리

나를 보더니 잽싸게 풀숲으로 몸을 숨긴다

반대편 언덕 위, 길로 가지 않아 다행이다

살려고 나온 고라니 한 마리

이 길과 저 길 생사의 경계처럼 사는 게 위태롭다

고라니 같은 내 길도 위태롭다

갈 때

바람난 계절 탄천 둔치 우후죽순 웃자란 갈대들

밤낮 세월의 부침 탓에 핏기 없는 홀몸 외롭게

힘겨운 춤을 추다 하얀 거품을 물고 이젠 안녕

석양과 함께 숨어 버린 가을의 갈대는 슬프다

초라한 이 몸 갈 때가 되었는지 함께 슬프다

강남에 가자

노랑머리, 빨강머리, 파랑머리 우산처럼 받쳐 쓰고
강남에 가자

발가벗고 선글라스 쓰고
강남에 가자

여자들은 가슴만, 남자들은 사타구니만 가리고
촉촉한 바람이 죽여주는
강남에 가자

취기에 목마른 사람들, 시간을 잃어버린 젊음들
모두 모여 강남에 가자

러너스 하이(Runner's High)

뛰고 또 뛰어 나를 뛰어넘는다

내가, 내가 아닌 무아지경

나는 날고 있다

오르가슴이 온다

42.195km가 4.2195km가 된다

5부

영월 가는 길

꺼먹촌

꺼먹돼지가 유명해서 지은 줄 알았는데 지붕이 꺼멓다고
꺼먹촌이라고 했단다

서울의 알량한 월급쟁이 열 명이 귀촌의 꿈을 안고 시작
하였으나 이런저런 핑계로 다섯 명이 되고

그나마 완성된 집은 세 채

두 명은 어부인(御夫人)들의 반대로 폐밭이 되었단다

귀촌의 꿈이 미완성으로 남아 있는 꺼먹촌

입구에 표지석 세워 오늘도 온전한 꺼먹촌을 꿈꾸고 있
다

영월 가는 길

미세먼지 가득한 어둠을 뚫고 서울을 벗어나 새벽공기 가르며
영월 가는 길,
제2 영동 고속도로 허리 잘린 산들이 상처 매만지느라 끙끙대고
심장을 관통한 터널로 바람 숭숭 들어와 가슴 시리다 하고
이십 층 높이 콘크리트 교각을 받치고 있는 강여울이 울고
태양광 패널로 꽉 찬 야산 둔덕은 덥다고 아우성이다

슬픈 신음소리 외면하며 접어든 국도, 여긴 치열한 삶의 현장이다
군데군데 널브러진 고양이, 고라니, 뱀, 개구리, 새들, 이리저리
서행하며 비껴가는 발길이라니…,

국지성 호우로 누런 벼들이 고개를 떨군 채 흙탕물을 뒤집어쓰고
비스듬히 서 있다

법흥계곡 구석구석 오토 캠핑장마다 인산인해, 고기 굽
는 냄새와 연기가
계곡을 뒤덮고 있다

법흥사 약수터 가는 길가 청송농장, 사과나무에 뿌린 농
약 냄새에 취해
나도 모르게 어릴 적 노래를 흥얼댄다

―원숭이 똥구멍은 빨개, 빨가면 사과, 사과는 맛있어―

청송농장 사장이 사과 맛보라며 하는 말
―농약을 잘 받아먹는 놈이 때깔도 곱고 맛도 좋다고―

젊은 날, 찌든 삶 떨쳐 버리고자 지옥 같은 도시를 떠나
맑은 물,
깨끗한 공기 마시겠다고 주말마다 영월로 매연을 내뿜으며
혼자 도망치는 나는 멍청한 헛똑똑이. 바보

잡초였었네

비옥한 땅, 넉넉한 물, 햇빛마저도 거부한 채

심지도 키우지도 않았는데 볼품없이 커 버린,

아스팔트 길 틈새 비집고 멋모르게 태어나서 겪게 되는
세상살이에

고달프단 말 한마디 못하고서 이럭저럭 그렇게 살았었는데

네가 한 발짝, 내가 두 발짝, 지름길 마다하고 꼬부랑길 찾
아가며 무심코 걷는 뭇발길에 밟혀가며 그렇게 살았었네

오늘에야 뒤돌아보니 내가 바로 잡초였었네

자리

시골집 내가 좋아하는 자리에다 좋아하는 화초를 심었습니다

나는 내 꿈처럼 예쁜 꽃이 필 거라고 상상하며 눈길과 손길을 주며 기다렸습니다

아, 그런데…,

심었던 화초는 제 자리에서 크지 못하고 시들어 버렸습니다

그 자리를 파 보았습니다

그 자리는 화초가 클 수 없는 자리였습니다

미안하고 또 미안한 마음으로 그 자리를 덮었습니다

세상에는 꽃이 자랄 수 없는 자리도 있다는 걸 뒤늦게 알았습니다

영원한 쉼터로

어느 날 갑자기 주먹 크기의 네가
딸의 가림옷* 품에서 나온 순간
이건 뭐야 하는 생각과 동시에
한동안 눈과 입이 마비되었지
그렇게 만나 한집안 식구가 된 너

딸아이 혼자였기에 이놈의 자식도
불쌍할 거라 여겨 자유분방하게 키웠더니
개판으로 온 집안 제 멋대로 휘젓고 다녀
딸아이 키우는 것보다 힘든 뒤치다꺼리 세월
미운 정, 고운 정, 들 대로 들어 버릇 고치기를 포기하고
팔자려니 하는 마음에 어느새 자식으로 자리매김했지

화내거나, 즐겁거나, 때론 아파서
슬프기도 했던 세월의 합이 15년
식탐이 많은 주인 닮아 식사 시간은 늘 어수선하고
잠이 많은 안주인 닮아 늘 침대 위에서 뒹굴고
힘이 좋아 산책길에서 주인을 끌고 다니더니

희로애락 세월의 무게를 이기지 못하고
그동안 정들었던 주인의 마음도 헤아리지 못한 채
올 때처럼 홀연히 떠나기 위한 황망한 하루
온몸으로 이별을 예고하니 마음이 쓰리고 안쓰러워
너의 고통 외면할 수 없어 기꺼이 보내련다
영원한 쉼터로

* 가림옷: '나들이옷'의 방언

까마귀도 인사를 한다

주말마다 찾아가는 백년 계곡 길 꺼먹촌 푹푹 찌는 한여름 밀린 일들을 하다 지쳐 그늘에서 텃밭을 바라보며 더위를 피합니다 그때 제 앞에 보이는 장독대 절구 위에 더위를 이기려는 까마귀 한 마리 날아와서 부리를 절구 안으로 연달아 집어넣는 모습 휴대폰 카메라를 꺼내 사진을 찍으려 하는데 까마귀 깜짝 놀라 전깃줄 위로 날아갑니다 미안하고 궁금하여 절구 안을 확인해 보니 밑바닥에 물이 조금밖에 남아 있지 않아 수돗물을 절구에 가득가득 채워 주었습니다 저를 조심스럽게 지켜보고 있는 까마귀에게 손을 서너 차례 흔들어 이제 홀가분히 내려와 마음 편히 먹으라고 손인사로 불러 봅니다 고맙다는 듯 몇 번을 '까악 까악' 인사를 하곤 구봉대산 쪽으로 평화롭게 날아갑니다

일주일 후 변함없이 텃밭에서 땀 흘리는데 까마귀 전깃줄에서 연신 감사 인사합니다 제가 열심히 물도 먹고 신나서 주인 없는 집도 지키고 물값을 하고 있다고 '까악 끄아악' 소리 내어 인사합니다 나도 손 흔들어 잘 있었니? 맞장구칩니다

동행

아침 공양을 끝낸 여승
법흥사 적멸보궁 앞 거처로 가는 길
마중 나온 아기 다람쥐
소리 없이 돌무덤 따라가면서
스님과 눈 마주치려 연신 머리 돌린다
"그런 건 먹지 말고 좋은 거 먹어야지"
여승의 한마디에
돌무덤을 요리조리 따라가며
"예 스님 그러겠습니다"
마음의 조막손 모아 합장을 한다

가을, 법흥사

법흥사 적멸보궁 비탈길, 누런 신갈나무 이파리

바람에 스쳐 날리는 소리가 바스락바스락 가슴으로 쌓인다

오늘처럼 이렇게 낙엽 우는 소리가 나를 슬프게 한 적이 있었을까?

인적 드문 헛헛한 산길을 혼자 오르내리는 것도

외롭고 쓸쓸한 일이지만

울음을 토해 내는 저 숲속의 단풍과 바스락거리며 나를 따라오는 낙엽이
나보다 더 쓸쓸하고 외롭기만 하다

동주 형이 소학교 때 책상을 같이 했던 아이들의 이름과
패, 경, 옥을 불러보는 별 헤는 밤처럼*

부르고 싶어도 부르면 슬플 것 같은
이들의 이름을 불러 보는 것도

누가 들을세라 숲속을 향해 그리운 이의 이름을 부르는
것도

가을이기에…

* 윤동주의 「별 헤는 밤」에서 인용

자존심

먹고 살기 위해 그런 적이 있었나

허리를 굽혀 본 적은 있어도 무릎을 꿇지는 않았다

나이 들어 무릎이 아픈 것은

젊은 날의 자존감이 무너져 버린 것

한때는 너의 힘으로 세상을 호령하며 살아왔는데

그 호기로움이 옹이로 박혀 제대로 일어서기도 힘들구나

치매
— 낙엽

법흥 계곡 가로수들이 초라하고

슬프게 보이는 가을의 한 켠에서

나는 어느 남자의 생을 생각한다

일생을 위해 겨울, 봄, 여름을 보내며

열심히 물을 품고 힘도 키워 가지 만들어

자그마한 아기 손바닥부터 어미 손바닥까지

각지거나 동그랗게 태초의 모양을 찾아 몸을 만들고

어머니가 물려주신 고운 색깔의 옷 입을 날만 기다리는 초가을

낮과 밤의 세상이 주는 아픔도 애써 감추며 하루하루 깊어 가는 가을

꿈처럼 간직한 소박한 내 소원이 어젯밤 갑자기 찾아온 불청객으로 인해

슬픈 내 몸뚱이 제대로 옷도 입지 못하고 기절하여 추락할 일만 남았다

축 늘어진 비참한 몰골 지나는 행인 시선 부끄러워 몸 둘 바 모르겠다

차라리 빨리 떨어져서 자동차 뒤꽁무니 실려 가을을 잊고 싶을 뿐

꽁무니 팔랑팔랑거리며 신음하는 초라한 되다 만 단풍 이파리

가을이 깊어 가는 한 귀퉁이에 각진 남자의 가을도 추락한다

서글픈 가을이다

뒷짐

시골 동네 어른들의 뒷짐을 보며 졸랑졸랑 뒤따르며 뒷
짐을 따라 했지

'에헴' 하고 기침은 못하지만

숨어 뒤따르며 팔자걸음 흉내를 냈지

그러다 엄마한테 들켜 귀때기 붙잡혀 군말 없이 집으로
끌려간 날

선비의 기품이란 걸 알았지

걸어다닐 적마다 양 손을 둘 데가 마땅치 않아 습관처럼
뒷짐 지고 나도 모르게 걷곤 했지

그저 양팔을 어떻게 할 줄 몰라 양팔을 감추려고 하는 뒷
짐

일하기 싫은 게으른 양반처럼 거들지 않고 감시자가 된

것처럼

건방지다고 아내에게 잔소리 듣고 두 손을 풀고 보니 둘
때가 없는 양손

아내한테 끌려가다시피 나온 산책, 또 습관처럼 뒷짐을
지며

아파트 외곽을 한 바퀴 걸었지

뒤에서 하는 아내의 잔소리에 두 손을 풀지 않은 채
하늘의 기와 땅의 기를 받아

오장육부를 편하게 하는 운동을 한다고 내가 지금 선비
라고 무언의 항의를 했지

거리 두기

몇 년 전에 고향 다니는 길목에다 깊은 산속 옹달샘만 한 텃밭 하나 두었는데

거리 관계상 어쩔 수 없이 몇 주에 한 번씩 거리두기를 하고 있다

처음에는 갈 때마다 바랭이풀이나 쑥부쟁이의 멱살부터 잡고서 힘겨루기를 하였는데

그래봐야 매번 나만 손해 보는 것 같아서

-그래, 같이 살자-

함께 어울려 잘살아 보자고 하면서 풀숲을 헤치고 풋고추 몇 개, 방울토마토 몇 알, 파 몇 뿌리, 상추 몇 잎만 따서 먹기로 했다

어차피 생이란 빈손으로 왔다가 빈손으로 가는데 네 것 내 것이 어디 있냐며 흰소리 뻥뻥 치면서 거리 두기를 하고 있다

텃밭

봄엔
너는 크고자 했고
나는 줄이자고 했다

가을엔
나는 컸으면 했고
너는 봄을 기억하라 했다

시들어야 산다네

잎이 시들지 못하면 새잎이 나오지 못하고

새잎이 나올 때를 먼저 알고서 시들어 줘야 한다네

솔방울이 많이 달리면 죽음을 예고하는 신음이니

사람도 때가 되면 적당히 시들어야 한다네

산다는 것은 그렇게 시들어 간다는 것이라네

지공대사 어르신

　어느 해 동창회에 나갔더니 지공대사 얘기가 화두가 되었다 어르신 교통카드를 받으면 대단한 것인 양 큰소리를 치는 친구들이 "너는 아직 지공대사 아니지" 하는 조롱 속에 "자아식 나도 지공대사 반열에 올랐지만 동사무소 갈 시간이 없어 못 받았을 뿐"이라고 말을 했지만 들으려 하지 않았다 나이에 비해 동안(童顔)에 속한지라 지공대사가 되어도 어르신 카드로 지하철 타는 게 쑥스럽기도 할 것 같아 관심도 두지 않았는데 동창 놈들까지 어린애 취급을 하는 게 기분이 상했다 그로부터 세월이 한참 지나 개인인감증명이 필요해 동사무소를 들렀는데 창구 옆에 어르신 교통카드 발급 안내 푯말이 눈에 확 들어와 잽싸게 실례를 무릅쓰고 발급을 받았다 집에 돌아와 아내에게 지공대사 되었다는 얘기를 하니 "에고 이제 다 됐네" 하는 말에 머릿속이 복잡해졌다 그래도 친구 놈들에게 자랑할 요량으로 지갑 깊숙이 잘 끼워 놨지만 친구들에게도 지하철에서도 한 번도 써 보지 못한 채 지갑만 지키고 있었다 요즈음 재정 부족으로 MZ세대에 부담이 되므로 어르신 교통카드의 연령 상향 문제가 여론에 적잖이 오르내리고 있다 그런 뉴스 기사를 보고, 듣고, 읽을 때마다 지갑에 숨어 있는 어르신 교통카드가 더 깊은 곳으로 찾아 숨는다

풍자적 화법과 사회의식의 시적 표상

조명제(시인. 문학평론가)

1

시적 대상을 어떻게 대하느냐, 혹은 시적 대상에 어떻게 접근하느냐에 따라 시작(詩作)의 방향이나 시의 기율은 천차만별로 달라질 수 있다. 이런저런 연유로 90년대 이후 시인이 양산된 한국의 경우, 시법의 특성을 찾아볼 수 없는 경향의 시인이 훨씬 많은 편이지만, 시에 대한 강력한 의식을 가진 시인들은 자신의 방법적 기율과 개성적 화법을 결코 소홀히 하지 않는다.

이준희 시인의 시편을 읽으면서 그의 시적 발상과 화법이 독특한 만큼 차이 나는 시 쓰기에 일단 성공하고 있다는 판단을 하게 되었다. 그는 시적 대상을 대하는 태도와 접근법에서 미묘한 해학과 풍자적 어법을 구사하고 있고, 흔히 반어적 대우법을 결부시킴으로써 시적 개성을 뚜렷이 하고 있기 때문이다.

물이 성을 내면 두 개의 뿔이 생긴다 //

물 위에 둘 데가 없어 머리에 인다 //

불이 된다 //

성을 내면 내가, 내가 아닐 때가 있다 //

선배들이 늘 얘기했었지 //

"물, 불 가리지 말고 열심히 살라"고 //

어려운 세상 물, 불 가리지 않으면 //

성에 지쳐 불이 죽게 되면 //

두 개의 뿔도 사라진다는 것 //

다시 흐리멍덩한 물이 된다는 것 //

나는 뿔 얹은 애보다 물 같은 어른이 좋다 //

물 같은 내가 좋다

—「뿔을 내려놓자」 전문

    시인의 시적 태도에 의해 그의 은유적 화법이 해학적 풍자성까지를 유발한다. 시인은 불의 상징성을 둘러싼 물질적 원소로 물[水]과 불[火]이라는 상극적 이미지를 대립시키고 있다. 그러나 그 물·불은 여러 의미로 변주된다. 우선 물의 이미지는 평온하고 흐리멍덩한 성질로 풀이된다. 그런 평이하고 평온한 물도 성을 내면 두 개의 뿔이 생긴다. 우리는 언젠가부터 화가 치밀어 성질이 나면 '뿔 난다'라고 말해 왔다. 그러니 물 같은 성격의 사람일지라도 성질이 나면 머리에 두 개의 뿔이 난 것이라고 한다. 뿔은 열불, 곧 불로 통하고, 물 같은 성격도 "성을 내면 내가, 내가 아닐 때가 있다"는 격한 상황으로 전개된다. '내가 내가 아닐 때'가 되는 격노의 단계는 자칫 이성을 잃고 실성하기 십상이다.

그렇다면, 흔히 "물, 불 가리지 말고 열심히 살라"라고 하는 말은 위험하기 짝이 없는 부추김인지도 모른다. 어려운 세상 물 불 가리지 않아 "성에 지쳐 불이 죽게 되면" 두 개의 뿔도 사라지고, "다시 흐리멍덩한 물이 된다는 것", 그것은 물의 압도적 수렴 능력을 말해 준다. 음양오행에서도 수극화(水克火)라고 했다. 시인은 시상의 전개를 수극화의 이치로 풀어 나간 것이다. 그래서 '나는 철없이 뿔[불火] 얹은 애보다 자신의 마음을 다스릴 줄 아는, 물 같은 어른이 좋다', 곧 "물 같은 내가 좋다"라는 논리로 귀착시킨다. 물성의 논리를 대립과 균형, 상극과 해체의 풍자적 어법으로 삶의 지혜를 반영한 표현법이다. '뿔을 내려놓자'라는 시의 제목, 그것은 결과적으로 노자(老子)의 '상선약수(上善若水)'를 암유하고 있는 듯하다.

> 찌들지 않으면 볼 수 있는 별
> 찌들게 살다 보니 내겐 별도 없고 볼 수도 없었다
> 별나게 살고 싶었지만 별은 내 곁에 있지 않았다
> 이런저런 감정의 굶주림에도 별을 따려고
> 가슴의 별을 감추고 살았다
> 서울에는 나 같은 별들이 많이 살았다
> 평범히 살면 절대 별을 딸 수 없다는
> 절대 진리를 불혹이 되어 알았다
> 별을 따면 별을 볼 수 있을 것이라 생각했다
> 그러나 서울에서는 별을 볼 수가 없다
> 뜨는 별이 있다면 지는 별이 있듯이

나의 별은 수시로 뜨는 별에 시달렸다

서울은 별들의 전장(戰場)이 계속 이어졌다

—「서울의 별」 부분

이 시의 허두인 첫 연은 "별은 누구나 되고 싶어 한다 /
별은 누구나 보고 싶어 한다 / 별은 아무나 될 수 없다 / 별
은 아무나 볼 수 없다 / 별은 될 수 있는 자만이 될 수 있고 /
별은 볼 수 있는 자만이 볼 수 있다"라는 것이다. 이준희 시
인은 언어의 중첩이나 해음적 조사(諧音的 措辭)의 방법을 여
러 시편에서 활용하고 있다. 「힘」, 「선(線)이 선(善)으로」, 「말
[言]이 말[馬]이 되어」 등등이 그런 예의 작품들인데, 「서울
의 별」은 그 대표적 사례에 속한다. 이 시 텍스트에서 '별'은
의미의 중첩이나 변주, 혹은 해음법에 의해 다각도로 읽히
고, 언어 유희적 의미의 혼란을 일으켜 메시지의 궁극이 증
폭된다. 그러니까 이 텍스트에서 '별'은 하늘의 별, 가슴 속
에 품고 있는 꿈으로서의 별, 직장에서의 직위나 지위, 또
는 성취를 비유한 말로서의 별 등등으로 얽혀 있다. 게다가
"별나게 살고 싶었지만 (별은 내 곁에 있지 않았다)"에서 보
듯, '별'의 변주는 곁가지로도 뻗어 나간다.

해음(諧音)이란 동음자를 이용한 언어 수사적인 표현으로,
다른 뜻의 말이지만 음이 갖거나 비슷하면 같은 뜻으로 전
이(轉移)시켜 이해하는 현상을 말한다. 일찍이 중국에는 해
음문화가 발달했었고, 그 영향으로 우리의 문화 예술에도
전해져 흔히 사용되어 왔다. 시 「서울의 별」에는 '별'의 해

음적 표현으로 의미의 중첩과 확산을 꾀하고, 해독의 지연을 유도함으로써 독자의 시선을 집중시킨다. 서울에서 가슴의 별을 감추고 직장의 별을 따려는 노력은 치열하고 눈물겹기도 할 것이다. 위로부터 짓눌리고 아래로부터 치받히는 조직사회에서 자리를 지키고 꿈을 이루기란 쉬운 일이 아니다. 화자가 밝히고 있듯, "평범히 살면 절대 별을 딸 수 없는" 것이 현실이고, 그러기에 일터를 품어 안고 있는 서울은 끊임없이 이어지고 있는 '별들의 전장(戰場)'이나 다름없다.

치열한 삶에도 별을 딸 수 없고 별이 될 수도 없는, 전쟁 같은 사회생활에 지쳐 화자는 고향을 찾아간다. 이준희 시인의 고향은 충북 제천으로 기록되어 있고, 그의 시 작품에 빈번히 나타나는 곳은 제천 봉양면과 그 인근인 강원도 영월이다. 시인의 주말농장이 있는 것으로 짐작되는 영월과 고향 제천은 널리 알려진 산간 청정지역이다.

> 별들의 전장에 지쳐 고향에 간다
> 핏기 없는 패잔병 모습으로
> 대낮에는 갈 수 없는 길을
> 밤이 이슥할 무렵 별들의 환영을 받으며 간다
> 서울에선 볼 수 없는 별들의 불꽃 잔치
> 콧구멍 상쾌한 고향에서만 볼 수 있는 별
>
> ─「서울의 별」 부분

전장 같은 서울 생활에 지쳐 고향으로 가는 밤길, 청명한 하늘에는 영롱한 별들이 반긴다. 여기서는 진짜 별들이 창공에서 찬란한 불꽃 잔치를 벌이고, 맑은 공기가 폐부를 상쾌하게 적셔 준다. 경쟁이 없고 억누르는 조직이 없는 고향 마을에선 삶의 현실도 그 같을 것이다. 그러나 화자는 일상을 위해 "고향 별빛의 힘으로 다시 서울로 향한다". 서울에 닿으면 별을 따기 위한 전쟁은 오늘도 계속되고, 나를 지켜줄 별이나 별다운 별이 보이지 않는다. 서울의 찌든 하늘만큼 찌든 삶들이 별을 가리고 있기 때문이라는 우울한 결론에 도달한다. 그 결론에 맑은 별, 공정하고 건강한 삶을 꿈꾸는 시인의 역설이 함축되어 있다.

> 그저께의 정답이 어제는 오답이란다 /
> 어제의 오답이 오늘은 정답이란다 //
> 결국 /
> 네가 하면 정답이고 내가 하면 오답이란 걸 /
> 나는 오늘 위대한 대한민국에서 알았다 //
> 두 다리 쭉 뻗고 잠자는 데 문제없고 /
> 하루 세 끼 밥 먹는 데 문제없어 /
> 싸는 데 전혀 문제없다면 /
> 정답 오답이 뭐가 이리 중한가?
>
> ─「정답은 없다」전문

> 살아온 날만큼 빠진 머리칼 //
> 살아갈 날만큼 남은 머리칼 //
> 주변머리 있게 멋지게 살려고 //

주변머리 없는 머리를 굴리네

— 「삶」 전문

　이준희 시인의 시법 가운데 주목되는 또 한 가지는 대우법(對偶法)의 구사이다. 알다시피 한시작법의 하나로 발달한 대우는 '수사학상 어떤 두 개의 사물이나 이미지를 상대시켜 대립의 미(美)를 나타내는 표현법'을 말한다. 다시 말하면, 대우는 서로 반대(反對)되는 사실(事實)이나 서로 비슷한 어구(語句)를 짝을 맞추어 문장(文章)의 표현적 효과를 높이고, 표현하고자 하는 주제를 강조하는 효과를 얻는 방법이다.

　인용한 두 작품의 첫 2행씩을 보면 각각 상반되는 어구를 짝 지움으로써 표현의 미적 효과와 주제를 강조하기 위한 유인적 효용으로 작용함을 알 수 있다. 「삶」에서는 나머지의 2행도 그것대로 대우적 기법으로 실현되어 있다. 시 「그날」의 첫 부분 "누구는 기다리는 날이고/ 누구는 피하고 싶은 날이다", 「순종」의 첫 부분 "너는 바람이 부는 방향으로/ 나는 바람이 부는 반대 방향으로"의 경우도 마찬가지다.

　대우법적 표현과 동시에 시인은 풍자적 특성을 결속시켜 의미의 확대를 가져 온다. 인류 역사상 가장 저질스러운 현금(現今)의 한국정치계를 떠올려 주는 「정답은 없다」는 이른바 내로남불의 극한적 팬덤현상을 날카롭게 풍자하고 있는 작품이다. 그러면서 끝 부분에 가서는 정치적 관심 포기를 넘어 정치 혐오증적 반응을 드러낸다. 대우법적 표현은 해학적 풍자와 함께 이준희 시의 중요한 미학적 장치라고 할 수 있다.

2

　직장의 조직문화나 비정한 사회현상과 더불어 풍자적 대상이 되는 가장 대표적인 분야는 정치계이다. 극단적 진영 논리에 갇혀 그 어느 시대에서도 볼 수 없었던 내로남불의 패거리 정치를 경험하고 있는 오늘의 우리 국민[주인]은 참담하다.

　　주인들은 새로 초대한 주방장의 멋진 요리로
　　그 동안 허기진 배를 채우려 밥상을 기다린다
　　주름이 많은 모자를 쓴 주방장과 그의 보조는
　　그들의 주특기를 살려 최선의 밥상을 차려 낸다
　　때론 주방장의 입맛으로, 때론 보조의 입맛으로
　　그러나 늘 칼자루 쥔 주방장의 솜씨로 밥상은 차려지고
　　주인은 새 주방장의 음식으로 길들여진다
　　이 맛도 저 맛도 아닌 주방장의 밥상에 지쳐
　　허기진 세월을 기다린 주인은 다시 참신한 주방장을 영입
　　한다
　　주인은 새롭게 영입한 명주방장이
　　허기진 배를 채워 줄 밥상을 기대하지만
　　새롭게 칼자루를 쥔 주방장도 전 주방장과 같이
　　지 입맛에 맞는 메뉴로 밥상을 차린다
　　여의도집 밥상은 바뀐 주방장들의 잔치로
　　초대한 주인에겐 늘 찬밥이다

청기와집 밥상도 매 마찬가지인 걸 보면
초대한 주인들이 멍청하기 때문일까

　　　　　　　　　　　　　　　―「초라한 밥상」 전문

　정치꾼들이 주인인 국민에게 가하는 작금의 행태는 인류
역사 앞에 고개를 들 수 없을 만큼 치욕적이다. 헌법에 못
박혀 있듯, 국민의 대표적 공복(公僕)으로서 정직, 청렴하고
성실하게 국민과 국가의 이익을 우선하며, 그 안위를 위하
여 헌신 복무해야 할 국회의원들(＊바른 의원도 극소수가 있음)
이 국민을 업신여기며 국민 위에 군림하고, 서로 헐뜯고, 돈
봉투로 선거판을 뒤집고, 업무 중에도 코인 장사나 하는, 그
러고도 유례가 없는 특혜 특권을 다 누리는, 기가 찰 노릇의
한국 정치의 현실을 이준희 시인은 시 「초라한 밥상」을 통
해 신랄하게 비꼬고 있는 것이다. 그런데, 마침내는 "주인
들이 멍청하기 때문"이라는 결론에 이르고 있는데, 그런 귀
결을 수긍할 수밖에 없는 이 땅의 정치현실이 실로 부끄러
운 일이다.

펜은 칼보다
강하다 했는데
요즈음 제대로 된
펜도 없고 칼도 없어
매사에 안 듣고 안 보는
내가 제일 강한 놈일 거다

　　　　　　　　　　　　　　　―「강적」 전문

정치 현실에 대한 시인의 관심과 풍자적 인식은 「강적」
에서도 잘 나타난다. 19세기 영국의 작가 에드워드 브루워
리턴이 1839년에 발표한 역사극 「리슐리외 또는 모략」에서
처음 사용한 '권력의 근간인 펜은 검보다 강하다'라는 말에
서 거두절미, 변질된 '펜은 칼보다 강하다'라는 말은 사고,
언론, 저술, 정보의 전달은 직접적인 폭력보다 사람들에게
미치는 영향이 크다는 것을 환유한 말이다. 간단히 말하면
오늘날 언론이 금과옥조로 여기고 있는 '문필의 힘이 무력
보다 강하다'는 것이다. 아무튼 '요즈음에는 제대로 된 펜도
없고 칼도 없다'는 것이 시인의 생각이다. 치욕스러운 세상
을 바꿔 놓을 만한 문필다운 문필도 없고, 세상을 바로세울
무력다운 무력도 없다면 정치적 세상은 국민들로부터 사실
상 실종된 것이나 다름없다. 정치의 실종, 무관심의 대상이
된 현실 정치, 그러니 "매사에 안 듣고 안 보는 / 내가 제일
강한 놈일 거다"라는 이 기막힌 조소와 포기, 반전의 비아
냥이 압권이다.

　　시인의 정치적 풍자는 유권자와 출마자 사이의 심리적
기류를 짚어 간 「바람」, 조선 전기 칠삭둥이로 수양대군의
휘하에 들어가 피 비린 계유정란을 설계하여 성공시키고,
단종 복위 세력 처형과도 관련하여 수많은 원혼을 안고 있
는 한명회의 정자 압구정(鴨鷗亭)을 과거의 씨줄과 현재의
날줄로 엮어 쓴 「압구정의 밤」 등에서도 심도 있게 전개되
어 있다. 모든 권력은 국민으로부터 나오고, 국민의 권력을
위임받은 정치세력은 국민의 삶, 국민의 일자리, 국민의 권

익을 위해 헌신하고, 노동의 현실에 부당한 일은 없는지, 노동사회의 조직에 문제는 없는지 살피며 환경 개선에 힘써야 마땅하다. 그것은 국민의 삶의 질을 결정짓는 실질적 요인의 하나이다.

> 속이 꽉 찬 시간과
> 팽팽한 시간을 더 만들 수는 없을까
> 기한은 다가오는데
> 52시간이 막고 있으니
> 석류 속처럼 속이 답답하다
> 붉은 석류알이 가슴에 박히고
> 박힌 석류가 핏줄을 내뿜는다
> 피 같은 석류알을 내뱉으며
> 개 같은 세상 침묵으로 저항한다
>
> ―「24시간이 모자라」 부분

이 작품은 납기일에 쫓기어 피 말리는 직장인의 상황적 현실을 적나라하게 드러낸다. 주 52시간 근무제로 못 박힌 이후, 규제된 조업 시간에 가로막혀 '피 같은 석류알을 내뱉으며' 애를 태운다. 이 절박한 상황은 원더걸스 선미의 노래 「24시간이 모자라」의 가사 '시간이 너무나 빨리 가 너와의 하루가 일분 같아……'를 인용해 가는 동안 심화되어 간다. 시간의 조롱 속에서 결국 그가 할 수 있는 것은 "납기일에 무릎 꿇고 비는 일 / 다음 약속을 침도 안 바르고 남발하는 일 / 그리고 혼자 소주를 들이키는 일"이다.

(…) 황당한 분위기에 물든 나를 보며 또 다른 나는 혀를 찬다
먹고 살기 위해 잘 길들여진 똥개처럼— 다름 아니다 나나 똥
개나 동급이다 상하좌우에서 터지는 총알에도 상처 없이 버
텨야 했고 유탄의 미소에도, 흐느끼는 유탄의 손짓도 외면해
야 한다 그들과 나는 한 뼘의 공간을 두고 손이 닿을 듯 말 듯
그렇게 적당한 간격을 유지하여야 한다

—「월급쟁이 2」 부분

  열악한 환경의 서너 평 공간에서 작업과의 싸움, 가끔 가
슴 속을 비집고 들어오는 난해한 총알들을 피하지 못해 머
릿속과 가슴 속이 경련을 일으키는 스트레스와의 싸움은
고통스럽고, 그것을 견뎌야 하는 마음은 처연하다. 시인은
먹고 살기 위한 월급쟁이 직장인의 처지는 '잘 길들여진 똥
개'와 다를 게 없다고 직격한다. 그리고, 똥개와 동급인 "나
는 가족사진 속의 내가 아니고", 월급은 공포스러운 스트레
스 값이라는 판단에 이른다. 2013년 월간 《시문학》을 통해
등단한 이준희 시인은 일찍이 대우그룹에 근무한 경력이
있고, 지금은 '오상 그룹 (주)핸디소프트' 대표로 일하고 있
다. 그런 만큼 일반 직장인의 근무 실태와 고초를 잘 알고,
조직사회의 구조적 특성이나 모순, 열악한 노동환경에 대
하여 누구보다도 잘 파악하고 있을 것이다. 그 실제적 경험
을 바탕으로 한 직장인의 삶과 고뇌의 노래는 이준희 시인
의 현저한 시적 특성을 이루고 있는 셈이다.
  「신도림역에서」는 "저 끝 모를 기찻길에 / 삶을 올려놓고

두 토막을 내어 / 두 개의 삶을 살고 싶다 // 그러다 지치면 하나는 한강에 버리고/ 나머지 한 개로 열심히 살 일이지만 / 언젠가는 버려진 한 개를 찾으러 / 나마저 한강에 몸을 담글 것이다"라는, 고통스러운 직장인의 심리적 압박감을 끔찍하게 표현하고 있다. 직장인들이 때로 강제 퇴직을 당하거나 '조용한 사직'(「조용한 사직」)을 꿈꾸기도 하는 사이, 퇴직한 이들의 처지도 편안한 것만은 아니다.

> 적당한 거리 맞은편 벤치
> 아까부터 힘없이 앉아 있는 내 또래
> 핸드폰을 한참 동안 만지작거리더니
> 어딘가 통화를 하는가 보다
>
> "이 차장 오랜만이지, 그동안 잘 있었어?"
> "나야 그냥저냥 잘 있지, 김 이사님도 잘 계시지?"
> "아 그래, 다들 잘 계신다니 다행이네"
> "오랜만에 전화하니 좀… 혹시 이 차장 27일 시간 나?"
> "아 그건… 별일 아니고, 큰애 결혼이라…"
>
> 모기만한 목소리 내 귀에 담긴다
>
> ―「초대」부분

공무원이든 회사직원이든 퇴직 이후의 심리적 위축이나 고립감은 형언하기 어려운 바가 있다. 온갖 스트레스로 고통스럽던 직장생활에서의 해방이 고립과 위축과 쓸쓸함의

스트레스를 가져 오는 딱한 현상이 일어나는 것이다. 퇴직 후에는 자식의 결혼 청첩을 하기도 여간한 눈치가 보이는 일이 아니라는 현실을 시 「초대」는 리얼하게 형상해 보여 준다. '먹고 사는 일'과 관련한 일련의 시편을 읽고 나면, 삶의 고초에서 벗어나 "영혼 없이 자유로이 날고 있는 너[鳶]처럼 살고 싶다"(「연(鳶)처럼 날 수는 없을까요」)는 소망이 간절한 에필로그로 다가온다.

3

이번 이준희 시집에서 큰 비중을 차지하는 것은 제3부의 '허무한 집' 연작이라고 할 수 있다. 연작시 「허무한 집」은 '하우스, 만화방, 할머니와 손자, 농협 창고, 우체국, 새마을 운동, 무장 공비, 자전거포, 길, 꿈, 숨바꼭질, 상구 형, 정육점 지씨, 외상값이 술맛을 부른다, 월남에서 돌아온' 등 모두 15편으로 이루어진 역작(力作)으로, 시인이 소년 시절에 겪었던 6,70년대의 기억과 애환을 진중하게 형상한 추억의 풍경들이다.

모란이 활짝 핀 정원을 지나 툇마루 위에 앉아 면장에게 아버지는 "어떻게 해야 될지" 모기만한 목소리로 눈칫말을 한다

내가 할 수 있는 말도 똑같은데 아버지는 어린 내 등을 자꾸 민다

침묵 속 고개를 조아린 세 사람, 오뉴월 후끈한 더위에 열

이 난다

"아버님 죄송합니다 면서기가 도면을 잘못 보는 바람에 이렇게 됐습니다
아버님 집은 새마을 주택 개량 사업 대상이 아닌데 허물어서 죄송합니다"

큰소리쳐야 할 아버지는 말이 없고 등짝의 힘으로 겁 없이 대들고 나왔다

훗날 면장의 배짱 아래 변두리 밭에 주인의 허락 없이 집을 지었지만

이십여 년이 지나서야 허물었던 집터 멀리 고가 차도가 세워졌다

허물지 말았어야 할 허무한 집터, 어린 추억이 이리저리 얽혀 있는
집터에는 고구마꽃이 발그레 피어 있다
—「허무한 집 6 -새마을 운동」 부분

이 연작시의 제목 설정을 말해 주기도 하는 「새마을 운동」은 박정희 정부 시절, 조국 근대화 작업의 일환으로 추진된 새마을 운동과 그에 얽힌 사연의 일단을 핍진하면서도 단편영화의 한 장면처럼 흥미롭게 형상화한 작품이다. 새마을 운동은 6.25전쟁 이후의 극한적 가난과 후진한 문

명을 극복하고 우리나라를 중진, 선진국의 문턱으로 올려 놓은 획기적 정책 사업이었다. 조국 근대화의 실천적 방안으로 구현된 새마을 운동 중에는 낙후된 초가를 비롯한 도농의 허름한 가옥을 보다 튼튼한 신식 가옥으로 고치자는 주택 개량사업이 중요한 과목의 하나였다. 주민들의 기대 속에 추진된, 대대적인 주택 개량사업은 때로 행정상의 실수로 부작용을 낳기도 하였다.

시 「새마을 운동」의 경우, 면서기가 도면을 잘못 본 실수로 개량 사업 대상이 아닌 집을 철거해 버린 사정을 짚어 나간 것이다. 당한 사람이 오히려 모기만한 소리로 하소연을 하고, 면장의 해명을 듣는 것 외에는 별 방도가 없다. 그나마 다행히 면장의 배짱으로 변두리 남의 밭에 집을 짓기는 하였지만, "허물지 말았어야 할 허무한 집터, 어린 추억이 이리저리 얽혀 있는" 집은 되돌리지 못한다. 일가(一家)의 집은 그냥 단순한 주거용으로 끝나는 게 아니다. 고향의 집은 당시 시골의 가족 구조로 볼 때 대개는 조부모와 부모, 형제자매, 조카들이 함께 사는 공간이며, 어린 날의 추억이 두께로 쌓여 있는 그리움의 공간인 것이다. 그런 집이 철거되고, 허물어지고, 더러는 댐 공사로 수몰되는 경우를 많이 보아왔다. 만능의 금전으로도 되살릴 수 없는 사랑의 추억이 집채와 함께 허무하게 철거된 "집터에는 고구마꽃이 발그레 피어" 쓸쓸한 그리움을 배가시킨다.

충북 제천시 봉양읍 주포리 210-2, 겨울밤 눈은 슬프게 주

인 없이 내리고 //

　어둠이 한 겹 두 겹 무섭게 내려앉으면 하얀 눈의 무게로 밤이 대낮같이 환하다 //

　하우스는 지금 살기어린 눈빛으로 밤을 밝히고 /

　어깨 넘어 바라보는 개평꾼의 소리 없는 몸짓만 어둡다 //

　선수가 아주 낮게 바닥에 단풍 한 장 툭 내던진다 //

　단풍에 모아지는 눈빛들의 생각이 시커멓게 그을린 호야에 새겨진다

—「허무한 집 1-하우스」 첫 부분

　시인의 고향 제천 봉양읍 주포리의 눈 내리는 겨울밤은 화투노름으로 깊어 간다. 이야기를 따라가 보면, 화자의 아버지는 노름꾼들에게 돈 노름의 하우스를 마련해 주고, 막걸리며 세 끼 밥과 새참국수를 챙겨 주는 것으로 수익을 얻는다. 흐릿한 호야 불 아래 화투 노름판이 벌어지면 눈 내리는 밤, 꾼들의 눈빛은 살기를 띠고, 뒷전의 개평꾼들의 시선도 투전판에 꽂힌다. 화툿장 48장이 군용담요 위를 밤낮없이 오가는 동안에 어머니는 힘에 겨운 눈물로 삼시 세 끼 밥상과 새참국수를 차려 내고, 앳된 하우스보이는 주전자를 들고 양조장을 들락거리느라 바쁘다. 투전판은 일주일 단위로 반복이 되고, 휴무 사이사이에 아버지는 하우스보이를 데리고 구린내 나는 지폐 냄새와 찌든 담배 니코틴 냄새가 꼬인 방을 환기하고, 물걸레로 방바닥을 열심히 닦는다. "조만간, 지난 전쟁의 복수를 치르러 올 꾼들을 위하여 지난번에 이어 / 연승을 기대하는 꾼들을 위하여 물걸레로

꾼들의 가슴팍을 밀 듯 아버지 성깔대로 // 발가락과 엉덩이에 힘을 주어 방바닥을 닦는" 것이었다.

특히 6,70년대에는 가난한 형편의 상황 속에서도 농촌에서는 노름판이 뿌리 깊게 파고들어 사회적 문제가 되기도 했다. 특히 약간의 수입이 생기는 추수기가 끝나고 농한기인 겨울철에 접어들면 노름판은 더 극성스럽게 벌어졌다. 때로는 외지의 타짜까지 스며들어 노름에 중독된 농민들이 가산을 탕진하고, 더러는 폐인이 되는가 하면, 더러는 목숨을 끊기도 했다. 이렇게 농어촌의 도박이 심각한 사회적 문제로 제기되자 당시 정부 차원에서 사행성 도박 금지령을 내리고 단속하였던 것으로 기억된다. 그것은 조국 근대화에 걸림돌이 되고, 새마을 운동 정신에도 위배되기 때문이었다. 건강한 가정이 선진 조국으로 가는 초석이 된다는 점에서 마땅한 일이었다. 아마도 이준희 시인의 「허무한 집 1 -하우스」가 그려 주는 풍경 속에는 이 같은 사회적 담론과 시대의식이 배경으로 함축되어 있을 것이다.

> 아줌마가 분 냄새 풍기며 돌아오면 //
>
> 나의 임무는 끝이었어 //
>
> 참 아줌마는 도시 같은 여자였어, 매력이 넘치는 얼굴과 옷차림이었어 //
>
> 아줌마처럼 만화방에 만화만 있었던 건 아니야 //
>
> 공부하기 싫은 애들이 좋아하는 //
>
> 어른들이 보는 소설도 귀퉁이에 있었어 /

아줌마, 아저씨가 좋아했을, 상상만 해도 얼굴이 빨개질 //

겁쟁인 못 봤을, 아줌마의 빨간 입술처럼 쓴 소설들 /

낡고 누런 책의 대여 이력이 아줌마의 이력까지 느껴져 //

그런 소설을 보는 날은 아줌마가 늘 그리워……그리웠어

—「허무한 집 2-만화방」 후반부

　읽을거리가 많지 않던 당시 시골의 길가 마을이나 면 소재지에는 더러 만화방이 생겨났다. 만화방은 특히 아이들에게는 제일의 인기 장소였다. 화자가 말하는 만화방은 운 좋게도 길가의 사랑방에 마련된 것이었다는데, '눈꼬리가 예사롭지 않은데다 뭇 남자들이 좋아할 수밖에 없는, 그러니까 집적대기에 적격인, 촌에서는 절대 살아서는 안 될 아줌마가 만화방을' 연 것이다. 화자인 소년은 아버지가 싫어해서 만화를 좋아하지 않은 체하였지만, 학교에서 돌아오면 가끔 만화방 아줌마가 어디를 좀 다녀오겠다며 만화방을 잠깐 봐 달라는 행운의 부탁을 받는다. 그런 부탁을 받고 만화방을 봐 주는 것에 대해서는 아버지도 나무랄 수가 없었던 것이다. 의당 공부를 하거나 집 안 일을 거들어야 할 시간에 남의 만화방이나 지켜 주느냐는 핀잔이 따라야 마땅할 판인데, 이상하게도 나무라지를 못하는 것은 아버지도 "아줌마한테는 싫은 얘기를 못했기" 때문이라는 것이다. 그 눈꼬리가 예사롭지 않은 만화방 아줌마에게 마음이 쏠려 있었던지, 아니면 이미 홀려 더러 집적댔던지 했다는 함의가 들어 있는 표현으로 읽힌다.

그렇게 하여 이따금 만화방을 봐 주게 된 소년은 '마루에 눕거나 딱딱한 의자에 앉아 손님과 함께 만화책을 보는 것'이었고, 그게 가게를 봐 주는 일이었다. 그러는 사이 "아줌마가 분 냄새 풍기며 돌아오면" 소년의 그 날 임무는 끝이 나는 것이었다. 아무튼 그 도시적인 아줌마는 소년의 마음에도 얼굴과 옷차림새며 풍기는 분위기가 매력적이어서 그녀의 비행(非行)이나 죄악조차도 용서가 될 것만 같았다.

그런 아줌마의 만화방에는 만화책만 있는 것이 아니고, "공부하기 싫은 애들이 좋아하는 / 어른들이 보는 소설도 귀퉁이에' 있기 마련이었다. 그 낯 뜨거운 통속소설은 '아줌마, 아저씨가 좋아했을, 상상만 해도 얼굴이 빨개질 / 겁쟁인 못 봤을, 아줌마의 빨간 입술처럼 쓴 소설들"이었으며, 낡고 누런 책의 대여 이력이 아줌마의 이력까지 느껴지게 하는 책들이었다. 그런 성인 통속소설을 읽는 날이면 소년의 마음도 아줌마가 그리웠다는 만화방의 야릇한 추억이 실제적이며 흥미롭게 표현된 것이다. 심도 있고 진중한 문체로 전개한, 만화방을 테마로 한 시적 담론은 한 시대의 문화적 풍경이면서, 만화에 마음 빼앗긴 성장기 소년들의 내면 풍경적 일기이기도 하다.

연작 「허무한 집」은 이처럼 소년의 입장에서 경험했던 6,70년대의 한국 농촌의 현실 과 삶의 애환, 다양한 일화나 사건들을 테마별로 선택하여 시로 형상한 역작이다. 이것은 시인의 개인적 경험의 시적 천착만이 아니라 당시 농촌의 일반적이고 보편적인 삶의 풍경들을 그려 나간 셈이며,

고려사에서는 알 수 없는 구체적 정황을 생생하게 전해 주는 고려 12가사의 의의처럼, 장차 기록사적 의미도 가질 수 있다는 점에서 또 다른 가치를 지닐 수 있다. 15편의 연작을 일일이 다루지는 못하지만 일독을 강권하고 싶은 작품이다.

4

해학적 풍자나 담론적 결구는 이준희 시인의 특장(特長)으로 여겨진다. 그렇다고 그의 시가 서정성을 잃고 있지는 않다. 오히려 그의 시는 서정성을 바탕으로 든든한 형식이 구축된 양상을 보여준다. 동시에 서정적 정황을 시적 대상으로 삼아 형상화한 작품이 적지 않다.

> 결혼식 가는 천안행 고속버스, 예고 없이 소낙비 내린다 //
> 차창에 부딪히며 흘러내리는 수많은 올챙이들, 그 중엔 중절모를 비뚤게 눌러 쓴 마이클 잭슨 올챙이가 문워크의 스텝을 밟으며 미끄러져 나온다 //
> 뒤를 이어 가수 비를 닮은 올챙이도 잘생긴 복근을 자랑하며 지그재그로 엉덩이를 흔들어대고 //
> 그 뒤를 어린 올챙이들이 줄줄이 줄줄이 군무를 춘다 //
> 한바탕 축하 공연이 끝나고 반짝 햇볕이 나자 비 온 뒤의 두꺼비마냥 어슬렁거리며 굵은 빗방울 몇 가닥 후미를 장식한다 //
> 올챙이 개구리 되어 시집보낸다고, 모든 올챙이들 다 나와 꼬리를 흔들면서 무대 뒤로 퇴장한다
>
> ─「올챙이들의 축하 공연」 전문

이 작품의 묘사 장면들은 고속버스 차창에 부딪혀 흘러 내리는 빗방울들을 활유(活喩)한 은유적 작품이다. 시인은 달리는 고속버스 차창에 부딪히며 흘러내리는 빗방울들의 역동성을 올챙이의 형상과 움직임으로 비유하여 흥미롭게 표현하고 있는 것이다. 고속의 차창에 부딪히는 빗방울들의 흘러내림은 희대의 춤꾼 팝가수 마이클 잭슨이 문 워크의 스텝을 밟으며 미끄러져 나오는 모습 같고, 잘 생긴 복근의 가수 비가 지그재그로 엉덩이를 흔들어대는 형상 같기도 하다. 그 뒤를 이어 작은 빗방울 올챙이들이 줄줄이 군무를 추어 마치 화려한 축하 공연처럼 보인다. 스치는 바람에 온갖 찢어지는 형태의 한바탕 팝뮤직 춤판 같은 올챙이형(形) 빗방울들의 축하 공연은 소낙비 그치고 반짝 햇빛이 나자, 굵은 빗방울 몇 가닥이 두꺼비마냥 어기적거리며 뒤끝을 장식한다. 달리는 고속버스 차창에 부딪히는 소낙비 빗방울들의 역동적 움직임을 뮤직 무대의 축하 공연적 구성과 해학적 시선으로 완성한 서정의 한 국면을 읽는 재미가 쏠쏠하다.

법흥사 적멸보궁 비탈길, 누런 신갈나무 이파리 //

바람에 스쳐 날리는 소리가 바스락바스락 가슴으로 쌓인다 //

오늘처럼 이렇게 낙엽 우는 소리가 나를 슬프게 한 적이 있었을까? //

인적 드문 헛헛한 산길을 혼자 오르내리는 것도 //

외롭고 쓸쓸한 일이지만 //

울음을 토해 내는 저 숲속의 단풍과 바스락거리며 나를 따
라오는 낙엽이 /

나보다 더 쓸쓸하고 외롭기만 하다

—「가을, 법흥사」 부분

　이준희 시인은 강원도 영월 법흥사 골짜기를 자주 가는
것으로 나온다.「동행」,「영월 가는 길」,「치매」 등이 법흥사
일대를 배경으로 하고 있는 작품들이다. 그가 「영월 가는
길」에서 "젊은 날, 찌든 삶 떨쳐 버리고자 지옥 같은 도시를
떠나 맑은 물, / 깨끗한 공기 마시겠다고 주말마다 영월로
매연을 내뿜으며 / 혼자 도망치는 나는 멍청한 헛 똑똑이.
바보"라고 한 것을 보면, 법흥계곡 어딘가에 쉼터를 마련
해 둔 것이 아닌가 싶다. 그렇게 주말마다 법흥계곡을 오가
다 보면, 사계절의 변화와 계절마다의 풍경적 특색이나 정
취를 온전히 누려 가질 수가 있을 것이다.「가을, 법흥사」는
청정 지역 영월하고도 법흥사 계곡의 가을 정취와 서정적
느낌을 순연하게 형상한 가편이다. 단풍 들고 쓸쓸히 낙엽
지는 깊은 가을날, 인적 드문 법흥계곡을 혼자 오르는 고적
감은 낙엽 우는 소리로 한층 깊어진다. "울음을 토해 내는
저 숲속의 단풍"이라는 표현 속에는 낙엽 지는 가을의 쓸쓸
함과 슬픔이 극한에 다다랐음을 드러낸다. 깊디깊은 산간
의 적막한 단풍 빛과 낙엽 바스락거리는 소리는 외로움을
극단으로 이끌고, 누군가의 이름을 부르게 되는 것도 가을
의 일이지만, 그리워 옛 동무들의 이름을 부르면 슬플 것 같

기만 한 것도 가을이다. 지적 서정이 주조를 이루고 있는 이 준희 시에서 보기 드문 감상성(感傷性)의 작품인데, 오지(奧地) 법흥계곡의 가을 정경이 얼마나 아름답고도 적막한가를 반영하는 것이다.

> 어머니 없는 아버지 없었기에 어머니는 이 세상에 없었어 //
> 내겐 늘 아버지만 보였거든 어머니는 어디 계셨던 걸까 //
> 늘 아버지 곁에 있었기에 내겐 어머니는 보이지 않았어 //
> 그렇게 한 평생을 살았던가 봐 아버지 뒤에 숨어서 그림자 처럼 //
> 편한 숨 제대로 한번 쉬지 못하며 그림자의 그림자처럼 살 았던 게야 //
> 그래서일 거야 내가 어머니를 찾지 않았던 것은 아버지만 으로도 벅차기에 //
> 그늘의 그늘이 되기에 면발치에서 바라볼 뿐 /
> 아버지 돌아가시고 나니 어머니가 보였어 //
> ―「왜 그랬을까」 부분

많은 어머니들이 그렇듯 화자의 어머니도 한평생 아버지 의 그림자로 살아, 보이지 않는 존재처럼 여겨진 것이다. 아 버지의 그늘에서 '편한 숨 제대로 한번 쉬지 못하며 그림자 의 그림자처럼 살았던' 어머니, 권위의 아버지가 돌아가시 고 나니 그제서야 어머니가 보인다. 그런데 이상하게도 어 머니가 아주 초라하게 보이는 것이다. 아버지의 그늘이 아 직 남아 있어서인지, 아니면 "어머니는 아버지의 그늘에서의 생활이 싫었으면서도 좋아했는지도” 모를 일이었다. 화자는 어머니가 돌아가신 날 왜 울지 않았는지를 아버지와 어머니 사이의 이해 못할 신화적 윤리 같은 것 때문인지 명확하게 알아내지 못한다. 아무튼 한국적 근대식 부모의 특수한 관계를 다 해독할 수는 없다.

시 「몹쓸 자식」에서 화자는 멀리 요양원에 맡긴 어머니 면회를 가서 어머니와 자식 간의 눈물범벅이 되는 장면을 절실하게 형상하여 보여준다. 당시의 어머니 세대는 남존여비의 마지막 세대였다. 위[전통적 시어머니]로부터 눌리고 아래[젊은 세대의 며느리]로부터는 치받히는 불행한 시절의 어머니였다. 그런 가운데 가부장적 가문에서 어머니는 시부모와 지아비를 섬기며 자식을 위해 고달프고 한많은 일생을 감내해 왔다. 그런 만큼 어머니에 대한 그리움은 영원한 시의 테마가 될 수밖에 없는 것이다. 시인은 「시 쓰기」라는 시에서,

좋은 시집을 겹겹으로 베개 삼아 잠을 청한다
밤새 좋은 시들이 머릿속을 들락날락, 내 머릿속은 온통
좋은 시로 가득 차고
이제, 꺼낼 시간만 남았다

라고 썼다.

앞으로 이준희 시인의 시가 폭발할 것 같은 예감이 든다.